Hubert Berger

Doping oder das Schweigen der Hämmer

Hubert Berger

Doping
oder das Schweigen der Hämmer

Roman

Impressum

1. Auflage

Umschlaggestaltung: Marius Moll

Herstellung und Verlag:

BoD - Books on Demand GmbH, Norderstedt

ISBN: 9783734765841

Inhaltsangabe

Der 16-jährige Gymnasiast Sebastian Brandner wird von einem erfahrenen Trainer als viel versprechendes Hammerwurftalent entdeckt. Nach anfänglichen Rückschlägen stellen sich schnell die ersten Erfolge ein. Sebastian wird Deutscher Jugendmeister und Mitglied der Nationalmannschaft. Sein großes Ziel ist die Teilnahme an den Olympischen Spielen 1980 in Moskau.

Doch bald wird er mit der Frage konfrontiert, ob es möglich ist, ohne Anabolika in die Weltspitze mithalten zu können. Der Autor zeigt in seiner autobiographisch gefärbten Geschichte eindrucksvoll, wie ein außergewöhnlicher, junger Sportler zwischen ehrgeizigen Trainern und skrupellosen Funktionären zerrieben wird und der Mensch schließlich auf der Strecke bleibt

„Ein bisschen nervös bin ich schon", antwortete Sebastian seiner Mutter, als sie ihn nach seiner Stimmung kurz vor dem Tanzkursabschlussabend fragte. Er hatte sich auf leichtes Drängen seiner Eltern vor sechs Wochen bei einem Tanzkurs, den die Oberstufe seines Gymnasiums veranstaltete, mit einigen Bedenken angemeldet. In zahlreichen Gesprächen hatten Marianne und Lothar ihrem Sohn beizubringen versucht, wie wichtig ein Tanzkurs für einen Heranwachsenden in der heutigen Zeit sei. Neben einer soliden Schulausbildung sollte man das gesellschaftliche Rahmenprogramm als Beigabe für seine Persönlichkeitsbildung nicht unterschätzen. Parallel dazu und schon früh von seinen Eltern gefördert, spielte Sebastian seit seinem achten Lebensjahr Klavier. Sebastian war ein zurückhaltender Junge, der seine Talente und Fähigkeiten eher im musischen Bereich finden sollte.

Die Familie Brandner lebte in einer bayerischen Kleinstadt. Neben dem Mercedes, den Sebastians Vater als Sparkassen-Geschäftsstellenleiter fuhr, stand noch ein Kleinwagen für die Mutter in der Garage. Sebastian, der vor einer Woche seinen sechzehnten Geburtstag gefeiert hatte, besaß ein Dreigangfahrrad, das ihm seine Eltern vor Jahren zum Bestehen der Aufnahmeprüfung für das Gymnasium geschenkt hatten. Da die Schule und auch der Klavierunterricht, den er privat bei einem pensionierten Musikprofessor seit ein paar Jahren nahm, unweit vom Elternhaus entfernt waren, gab es bei Brandners kein Transportproblem.

Frisch geduscht, nur mit einer Unterhose und einem Hemd bekleidet, stand der Tanzkursdebütant vor dem großen Spiegel in der Diele seines Elternhauses. Nach mehreren vergeblichen Versuchen, seine neue, mit goldenen Trompeten bestickte dunkelblaue Krawatte zu binden, kam bei ihm ein leichtes Unbehagen auf. „Mist, ich habe es mir doch mehrmals von meinem Vater zeigen lassen", sprach Sebastian zu sich in den Spiegel und gab dann sein Vorhaben entnervt auf. Den Blick hielt er auf sein Spiegelbild gerichtet. Er betrachtete sich noch einmal.

Wie würde sie reagieren, fragte er sich, wenn sie mich so in Unterhosen sehen würde? Gemeint war Christina, eine Mitschülerin aus der Parallelklasse, die in den letzten Wochen seine Tanzpartnerin gewesen war. Sie kannten sich flüchtig von den Pausen auf dem Schulgelände. Zusammengebracht hatte sie ihr Musiklehrer Herr Matt, der den Tanzkurs organisiert und abgehalten hatte. Ausschlaggebend für die Partnerwahl war ausschließlich die Körpergröße gewesen.

Da Sebastian mit seinen sechzehn Jahren bereits über einen Meter fünfundachtzig groß war, konnte er sich auf seiner Ebene keine Partnerin aussuchen. Von den fünfzehn angemeldeten Paaren waren achtundzwanzig Schüler und Schülerinnen etwa gleich groß. Da auch Christina einen halben Kopf größer war als ihre Freundinnen, war klar, dass sie mit Sebastian den Kurs absolvieren sollte.

Begeistert war ich eigentlich nicht, dachte er und erinnerte sich noch sehr gut daran, dass ihn seine gleichaltrigen Kumpels einen „Bohnenstangenverführer" genannt hatten. Christina hatte an den Stellen, auf denen die meisten Blicke der pubertierenden Jungen lagen, einfach noch zu wenige Erhebungen.

Immer noch in derselben Haltung vor dem Spiegel stehend, doch bereits leicht frierend, projizierte er seine Partnerin an seinen im Spiegel zu sehenden Körper. Plötzlich fand eine Art „Götterdämmerung" statt! Von oben nach unten verwandelte sich sein Körper in den seiner Tanzpartnerin. Nicht nur das Verschwinden seines eigenen Ichs brachte ein Lächeln auf sein Gesicht. Nein, das, was er jetzt vor sich sah, war etwas ganz Wunderbares und in dem Moment erkannte er das erste Mal mehr in seiner Partnerin. Er wurde von einem wunderbaren Mädchen angestrahlt und ließ seiner Vorstellung einfach freien Lauf und versank in eine wunderbare Traumwelt.

Das Geräusch der Türglocke riss ihn aus seinem Schwebezustand, und durch das Erkennen des eigenen Spiegelbilds war er mit einem Schlag wieder hellwach. Der Mann von Fleurop stand vor der Tür und brachte für seine Tanzpartnerin einen Blumenstrauß, den er ihr vor der Veranstaltung überreichen wollte. Etwas befremdet schaute er auf Sebastian, der immer noch in Unterhose und Hemd etwas verwirrt an der Tür stand.

"Entschuldigen Sie", entgegnete Sebastian seinem Gegenüber, „ich bin gerade bei der Anprobe."

Schmunzelnd nahm der Fleurop-Lieferant das Geld entgegen, übergab Sebastian den Strauß und verabschiedete sich. Nachdem dieser das Präsent in eine

Blumenvase gestellt hatte, vollendete er seine Anprobe und kleidete sich bis auf die Krawatte fertig an.

Kurze Zeit später kam die Mutter des Tanzdebütanten vom Friseur zurück und stellte mit ihrer aufwändigen Frisur ihren Sohn fast in den Schatten. Sie tauschten gegenseitig Komplimente aus und verschwanden anschließend in ihren Zimmern.

Als Herr Brandner gegen 19 Uhr aus der Sparkasse nach Hause kam, waren seine Frau und sein Sohn bereits festlich gekleidet. Lothar Brandner war beruflich bedingt ohnehin immer gut gekleidet und so konnte er sich den beiden ohne großen Aufwand gleich anschließen.

Das nahe gelegene Schulgelände erreichten die drei nach einem kurzen Fußweg. Sebastians Eltern schlenderten Händchen haltend hinter ihrem Sohn drein und stellten lächelnd fest, dass dieser noch keine große Erfahrung im Tragen von Blumensträußen hatte. Zuerst in der Linken, dann in der Rechten. Dann ließ er den Strauß hängen, später drehte er ihn um und am Schluss zupfte er am Papier herum.

Nachdem sie die farbenfroh geschmückte Schulcafeteria erreicht hatten, verschafften sie sich zuerst einmal einen Überblick. Sebastian suchte nach einem runden Tisch, auf dem ein Kärtchen mit der Nummer sechzehn stand. In der ersten Reihe, etwas links von der Mitte, erspähte er einen festlich dekorierten Tisch. Christina, seine Tanzpartnerin, war noch nicht erschienen, und so stieg seine leichte Nervosität noch etwas an. Durch flapsige Gespräche mit vorbeikommenden Klassenkameraden löste sich seine Spannung etwas auf und so war er dann bei der Begrüßung von Christina und ihren Eltern lockerer.

Zuerst begrüßte er Christinas Mutter mit einer kleinen Verbeugung, indem er die linke Hand hinter seinen Rücken hielt. Diese Haltung behielt er bei, als er Herrn Wagner mit einem festen Händedruck tief in die Augen sah. Christina hatte ein dunkelrotes Abendkleid an, das auf der rechten Seite bis zum Knie geschlitzt war. Die schwarzen Lackschuhe mit den hohen Absätzen ließen Sebastians Tanzpartnerin noch größer und festlicher aussehen. Heute hatte sie zum ersten Mal die Konturen ihres Gesichts mit einem leichten Make-up betont. Christinas langes blondes Haar war mit einem Lockenstab so eingedreht worden, dass es ihr ein wahres Engelsgesicht bescherte. Ihr Blick durchdrang Sebastian mit einer bis dahin nicht gekannten Klarheit, dass es ihm fast die Sprache verschlug.

Dem stummen „Wow" folgte ein etwas stockendes Hallo, als er ihr schnell den Strauß übergab und gleichzeitig ihre Wange mit einem leichten Kuss streifte.

Nach der offiziellen Begrüßung, die ebenfalls Bestandteil des Kurses gewesen war, nahmen beide Familien am für sie reservierten Tisch Platz. Nachdem die Getränke gereicht worden waren, eröffnete Herr Matt, der Musiklehrer, den glanzvollen Abend.

Man konnte der Körpersprache der beiden Debütanten das leichte Unbehagen ansehen. Und so verfolgten sie eher ungeduldig die Ausführungen ihres Tanzlehrers. Erleichtert und von Spannung geprägt hörten die jungen

Menschen den Beifall, der nach dem Vortrag von Herrn Matt in der Cafeteria erklang.

Das Klatschen war noch gar nicht ganz verklungen, als die Paare auf die Tanzfläche gebeten wurden. Als Eröffnungstanz wurde der Wiener Walzer von Johann Strauß vom Streichquartett des Gymnasiums gespielt. Es war schön anzusehen, wie sich die Paare auf dem Parkett bewegten. Im großen Bogen drehten sich die Debütanten immer weiter nach innen und bescherten so den anwesenden Eltern einen wahren Augenschmaus.

Nachdem die erste Nervosität verflogen war, genossen Sebastian und Christina die rhythmischen Bewegungen und wurden immer selbstbewusster.

Nach drei Tänzen gingen die Paare an ihre Tische zurück. Begleitet wurden sie von einem tosenden Beifall, der fast nicht enden wollte. Richtig aufgekratzt erzählten die Jugendlichen ihre Eindrücke, und so kamen die Eltern, denen es hervorragend gefallen hatte, gar nicht dazu, sie zu dem gelungenen Eröffnungstanz zu beglückwünschen. Sebastians Mutter Marianne zupfte ihren Mann leicht am Jackett, als dieser seinen Sohn, der immer noch sehr leidenschaftlich erzählte, unterbrechen wollte.

„Lass ihn", sprach sie leise auf ihn ein, „du siehst doch, wie glücklich er gerade ist."

Die Zeit zwischen den Tanzrunden war viel zu kurz, um alle Eindrücke zu beschreiben. Schon waren sie wieder auf der Tanzfläche und zeigten den begeisterten Zuschauern nun einige Runden Beatfox. Auch diese Art des Tanzes gelang den jungen Tänzerinnen und Tänzern ausgezeichnet.

Der Abend verlief in der gleichen Art und Weise weiter und am Tisch Nummer sechzehn unterhielten sich die Eltern der beiden immer intensiver. Christinas Eltern arbeiteten beide im Schuldienst. Paula unterrichtete am Gymnasium Geschichte und Biologie. Herr Wagner war Sport- und Kunstlehrer. Privat engagierte er sich als Verbandstrainer in der Leichtathletik mit dem Schwerpunkt Werfen. Er war derjenige, der sich den rhythmischen Bewegungen seiner Tochter und ihres Begleiters am intensivsten widmete und sich deshalb nicht so aktiv am Tischgespräch beteiligte. Franz, wie Herr Wagner mit Vornamen hieß, hatte ein gutes Auge und so erkannte er sehr schnell, dass Christinas Tanzpartner wesentlich talentierter war als seine Tochter.

Vor allem das schnelle Umsetzen von Schrittkombinationen und die Tempowechsel imponierten dem Verbandstrainer sehr. Ihm kam da gleich eine Idee, die er aber an diesem Abend noch nicht zu Ende denken wollte.

Der kurzweilige Abend neigte sich langsam dem Ende zu und alle Anwesenden hatten die rauschende Ballnacht bis in den frühen Morgen hinein genossen. Gegen 2 Uhr verabschiedeten sich das Paar und dessen Eltern voneinander. Sebastian hätte seine Christina in dieser Nacht sehr gerne nach Hause gebracht, aber das war nicht möglich, da seine Tanzpartnerin von ihren Eltern im Auto mitgenommen wurde.

Im Auto sprach Christinas Vater ganz begeistert von Sebastian und dessen toller Tanztechnik. Er spann den Faden noch weiter und konnte sich durchaus vorstellen,

ihn einmal zu einem Hammerwurftraining einzuladen. Mutter und Tochter hatten nichts dagegen, denn dadurch konnte der Kontakt zu Sebastian und dessen Familie weiter aufrechterhalten werden. Etwas übermüdet, aber gut gelaunt gingen die Wagners gegen 3 Uhr schlafen.
In der Nacht konnte Franz Wagner erst nicht einschlafen. Er war noch viel zu aufgekratzt und die Idee, aus Sebastian einen Hammerwerfer zu formen, hielt ihn wach. Er hatte natürlich noch ein großes Problem zu lösen. Sein potenzieller Athlet wusste noch nichts von seiner verwegenen Idee. Da seine Gedankengänge den Kampf gegen die Müdigkeit dann letztlich doch verloren, genoss er noch ein paar Stunden tiefen Schlaf.

♦ ♦ ♦

Gegen 10 Uhr kam er zu sich und aus der Essecke in der Diele hörte er bereits Stimmen. Seine Frau und seine Tochter unterhielten sich sehr rege über den gestrigen Festabend. Man sollte die Stimmung ausnutzen, dachte er amüsiert und gesellte sich zu den beiden.
„Willst du nicht deinen Kavalier anrufen und dich für den netten Abend bedanken?"

„Das solltest du unbedingt machen", bestärkte Christinas Mutter den Vorschlag ihres Mannes.

„Soll ich wirklich?"

„Na klar, nach dem Frühstück meldest du dich bei ihm." Mit diesen Worten bekräftigte Herr Wagner noch einmal seinen Vorschlag. Da Christina in der letzten Nacht ebenfalls ihre Sympathie für ihren Tanzpartner entdeckt hatte, war sie schnell für die Idee zu begeistern. Alle fanden es gut. Nur: Alle drei hatten unterschiedliche Motive.

Franz konnte seine Sportpläne weiter vorantreiben, Christina hatte sich ein wenig in ihren Partner verguckt, und ihre Mutter konnte mit Sebastians Mutter wunderbar über den Garten plaudern.

Im Hause Brandner verlief der Morgen etwas anders. Sebastians Vater Lothar hatte Kopfschmerzen, weil er entgegen dem Ratschlag seiner Frau am gestrigen Abend wohl ein Bierchen zu viel getrunken hatte. Marianne hatte keine Kopfschmerzen, doch der Blick in den Spiegel, der ihr ein ungeschminktes Gesicht zeigte, löste nicht gerade Begeisterung aus. Sebastian selbst lag noch im Bett, und so konnten sich die Erwachsenen schweigend dem Frühstück widmen.

Das schrille Klingeln des Telefons und das damit verbundene Aufstehen vom Frühstückstisch verbesserte nicht unbedingt die Stimmung im Hause Brandner.

„Ja bitte", meldete sich Sebastians Mutter am Telefon.

„Hallo, hier ist die Christina", schallte es ihr entgegen.

„Wer bitte?", fragte Marianne nach, ohne sich einen Reim auf die Stimme am anderen Ende der Leitung machen zu können.

„Hier ist die Christina von gestern Abend, die Tanzpartnerin Ihres Sohnes!"

„Ja sicher, warum bin ich denn nicht gleich darauf gekommen", entschuldigte Marianne sich schnell bei ihrer Gesprächspartnerin. Sie bemühte sich jetzt sehr, sich ihre schlechte Stimmung am Telefon nicht anmerken zu lassen.

Fast überfreundlich beantwortete sie nun Christinas Fragen, musste ihr aber leider mitteilen, dass ihr Sohnemann noch im Bett lag und somit nicht zu sprechen sei. Sie versprach dem Mädchen aber, Sebastian sofort über ihren Anruf zu informieren, sobald er aufgestanden war.

Und so verlief der Samstagmorgen ohne weitere Vorkommnisse. Als gegen 12 Uhr Mittag Sebastian seinen Rückruf getätigt hatte, waren die Gemüter in beiden Häusern wieder etwas beruhigt. Christina hatte die Brandners für den nächsten Tag zum Kaffeetrinken eingeladen. Sebastians Eltern konnten den Termin leider nicht wahrnehmen, und so besuchte ihr Sohn das Haus seiner Tanzpartnerin allein.

Frau Wagner war natürlich enttäuscht, doch ihr Mann und ihre Tochter freuten sich schon sehr auf den angekündigten Besuch. Franz Wagner, der Stratege, spielte immer noch intensiv mit dem Gedanken, aus Sebastian Brandner einen Hammerwerfer zu formen.

Eigentlich ist es verrückt, dachte er, aber mein Gefühl hat mich noch nie im Stich gelassen.

Christinas Gedanken und Gefühle waren ganz andere. Sie konnte sich durchaus vorstellen, in Sebastian mehr als ihren Tanzpartner zu sehen.

Pünktlich um 15 Uhr stand dieser vor der Tür. Sebastian hatte sich einen entspannten Nachmittag mit Christina vorgestellt, bei dem man sich über den Abschlussball, über den Schulalltag und über Hobbys unterhalten konnte. Und zwar auf ihrem Zimmer. So war der Schüler richtig überrascht, als das komplette Begrüßungskomitee an der Tür erschien: Vater, Mutter und Tochter! Mit einem Händedruck und zwei Küsschen auf die Wangen der Damen hatte er sofort einen guten Einstand bei der Familie Wagner. Nach einer halben Stunde – er hatte seine Kaffeetasse bereits geleert – kam bei dem jungen Besucher ein leicht beklemmendes Gefühl auf. Sebastian fühlte sich schon ein bisschen eingeengt, da alle drei auf jeden seiner Wünsche sofort reagierten, ihn mit Fragen löcherten und sein Handeln und Sprechen genau beobachteten. Christinas Mutter erkannte als erste die zu kippen drohende Situation, nahm ihren redseligen Mann zur Seite und erklärte nach einem kurzen, aber heftigen Dialog mit ihm, dass sich das Ehepaar zu einem Spaziergang entschlossen hatte.

Kurze Zeit später lockerte sich die Stimmung der Teenager wieder und so kam es doch noch zu einem gelungenen und heiteren Nachmittag bei den Wagners. Entgegen der positiven Tendenz der Jugendlichen entwickelte sich der angeordnete Spaziergang der Eltern zu einem schwierigeren Unterfangen. Paula Wagner erinnerte ihren Gatten an die Zeit, als sie jung verliebt gewesen waren. Da wären sie auch froh gewesen, wenn sie von niemandem gestört wurden.

Franz ließ die Ansprache auf sich wirken und so spazierten die beiden über eine halbe Stunde fast wortlos nebeneinander her. Franz' innere Stimme ließ ihm aber keine Ruhe und betonte noch einmal, dass man ein Talent wie Sebastian Brandner nicht einfach ignorieren sollte. Und dann machte Christinas Vater einen großen Fehler.

Er erzählte seiner Frau erneut von der noch unausgereiften Idee, den Tanzpartner ihrer Tochter zu einem Hammerwurftraining einzuladen. Durch Paulas lautes Auflachen lenkte das Ehepaar Wagner auf einmal die ganze Aufmerksamkeit des gut besuchten Stadtparks auf sich.

„Du bist doch verrückt", diese Worte schob sie gleich noch hinterher und auch ihr Lachen begleitete die beiden noch ein ganzes Stück.

„Schlag dir den Gedanken bitte aus dem Kopf, du kannst doch nicht alle jungen Menschen in unserer Umgebung zu Hammerwerfern ausbilden."

Die Reaktion seiner Frau bremste Franz' forsches Vorhaben fürs erste und sie unterhielten sich wieder über etwas anderes.

Als die beiden gegen 16 Uhr zurückkehrten, war der Gast schon verschwunden und ihre Tochter hatte ein versonnenes Lächeln auf dem Gesicht, was natürlich von der Mutter sofort wahrgenommen wurde.

„Na, dann habt ihr euch also noch gut amüsiert, ihr beiden", stellte Paula gleich fest. Christina nickte, schloss kurz ihre Augen und ließ die Haustür wieder ins Schloss fallen. „Stell dir vor, was dein Vater für eine Schnapsidee hat!"
Verständnislos schaute Christina ihre Mutter an. Kurz bevor Paula ihrer Tochter die Geschichte erzählen wollte, fing sie wieder lauthals zu lachen an und brachte deshalb in den nächsten Minuten kein Wort heraus.
Franz, er kannte ja seine Frau, hatte sich wohlweislich schon in sein Zimmer zurückgezogen und so hörte er die eher spöttische Schilderung seiner Ehefrau nur gedämpft. Die beiden finden die Idee zumindest sehr lustig, dachte Franz, denn in letzter Zeit hatte er keine der beiden so herzhaft lachen gehört. Und so endete dieser Tag zumindest für die Tochter der Wagners schön und amüsant. Beim Abendessen war wieder alles beim Alten und andere Themen konnten nun besprochen werden.
Von alledem hatte Sebastian natürlich nichts mitbekommen. Auf dem Heimweg dachte er über den angenehmen Tag bei seiner Schulfreundin nach, wobei er das Ganze eher kameradschaftlich einstufte und momentan noch nicht vorhatte, sich auf eine feste Beziehung einzulassen. Ein bisschen egoistisch fand er es schon von sich, als ihm der Gedanke kam, dass sie ihn in Latein, wo er auf einer schlechten Vier stand, etwas unterstützen könnte. Die nächsten Wochen verliefen ohne größere Ereignisse. Die Beziehung der beiden jungen Menschen hatte sich stabilisiert, ohne dass es groß

gefunkt hatte. Gemeinsame Kino- und Discobesuche genossen die jungen Menschen sehr.

Der einzige, der keine Ruhe fand, war Christinas Vater Franz, der nach wie vor seinem Bauchgefühl sehr viel Bedeutung beimaß.

Sebastian ist ein Jahrhunderttalent und nur ich sehe diese verborgenen Fähigkeiten in dem Jungen, dachte er.

Nach Wochen der Unruhe fasste er an einem verregneten Samstagnachmittag endlich den Entschluss, Sebastian auf sein verborgenes Talent hinzuweisen. Die Gelegenheit war günstig, da seine Frau und Tochter beim Einkaufen in der Stadt waren.

„Sebastian Brandner, hallo", hörte Franz Wagner durch den Hörer, nachdem er die Nummer der Familie Brandner gewählt hatte.

„Schön, dass ich dich erreiche, hier ist Franz Wagner, der Vater von Christina." Etwas unsicher war Franz schon, denn er wusste nicht genau, wie er Sebastian sein Angebot unterbreiten sollte, und so war sein Redefluss anfangs etwas gehemmt.

Gott sei Dank konnte Christinas Vater seinen Gesprächspartner nicht sehen. Dieser verdrehte mehrmals die Augen und schnitt Grimassen, weil er enorme Probleme hatte, Herrn Wagner zu folgen.

Nach drei überaus verwirrenden Minuten unterbreitete Sebastian seinem Gegenüber einen Vorschlag.

„Herr Wagner, wie wäre es, wenn wir uns in zehn Minuten beim Brückenwirt zum Kaffeetrinken treffen könnten?"

„Tolle Idee", erwiderte Franz postwendend und war froh, so aus der für ihn etwas peinlichen Situation noch herausgekommen zu sein.

Als sich die beiden gegenübersaßen, von Mann zu Mann, kam das Gespräch gut in Gang und so gestaltete sich die Unterhaltung sehr produktiv. Sebastian, der bis zu dem Zeitpunkt Sport nur aus dem Schulunterricht kannte, war geradezu überwältigt von Herrn Wagners Worten. Nur das Umsetzen in die Realität konnte er sich beim besten Willen nicht vorstellen.

Aber Herr Wagner ließ nicht locker. Immer wieder kam er auf seine Beobachtungen, die er beim Abschlussball gemacht hatte, zurück und bescheinigte Sebastian mit der Zeit ein immer noch größeres Potential. Sebastian wusste, dass sein Gegenüber große Hoffnungen in ihn setzte.

Das imponierte dem jungen Mann so, dass er sich tatsächlich zu einem Probetraining überreden ließ. Nach weiteren zwanzig Minuten, in denen die beiden über Sebastians Hobby, die Musik, sprachen, verließen beide das Lokal mit recht unterschiedlichen Gedanken.

Herr Wagner war fest davon überzeugt, dass er dem Jungen im Verlauf des versprochenen Probetrainings den Sport schmackhaft machen konnte. Sebastian amüsierte sich insgeheim noch eine Weile über den abstrusen Vorschlag und hakte das Treffen schnell ab.

Die Stimmung im Hause Wagner war in den nächsten Tagen besonders entspannt. Keine der beiden Damen konnte sich einen Reim auf die gute Laune des Familienoberhaupts machen. Er erwähnte zweimal beim Essen, dass er am nächsten Freitagabend nicht zu Hause sei, ohne dass das jemanden interessiert hätte. Da die beiden Männer absolutes Stillschweigen vereinbart hatten, erfuhr auch niemand von diesem besonderen Event.

Franz war schon eine Stunde vor dem Termin auf der Hammerwurfanlage des Sportvereins, um alles so vorzubereiten, dass es seinem „Hoffnungsträger" auch gefallen würde. Ein bisschen schmunzeln musste Franz dabei schon, konnte es aber nach kurzer Zeit unterdrücken, als er Sebastian über den Rasen schlendern sah. Im dunkelblauen Anzug und mit Lackschuhen stand dieser jetzt vor seinem künftigen Förderer. Zum Glück waren Sebastian und Franz die einzigen Menschen auf dem Sportgelände. Sebastian hatte eher an eine theoretische Einweisung gedacht. Da Franz in seinem Leben schon viel erlebt hatte, konnte er auch diese aussichtslos scheinende Situation schnell retten.

„Zieh dich schon mal um, die Sachen sind in meiner Tasche." Franz hatte für sich einen zweiten Satz Sportsachen mitgenommen, um sich nach dem Duschen etwas Frisches anziehen zu können. Zum Glück hatten beide etwa die gleiche Größe und so verwandelte sich Sebastian, der nach seiner Klavierstunde direkt zum Sportgelände gekommen war, rasch in einen Sportler.

Zwanzig Minuten saßen Sebastian und Franz auf dem Rasen und unterhielten sich angeregt über das, was sie in der nächsten Zeit in die Praxis umsetzen wollten.

Franz Wagner, der Hammerwurfverrückte, verglich die Technik des Hammerwerfens tatsächlich mit den Schrittkombinationen eines Walzers oder Foxtrotts. Zudem setzte er den komplexen Ablauf der

Hammerwurftechnik mit der Melodie eines Liedes gleich. Da Sebastian mit seinen sechzehn Jahren der männlichen Jugend B angehören würde, müsste er eigentlich mit einem Fünf-Kilo-Hammer werfen.

Dieser Sachverhalt würde aber den umstrittenen Versuch, aus Sebastian Brandner einen Hammerwerfer zu machen, schon vor Beginn zum Scheitern bringen. Da dem alten Trainerfuchs Wagner dies von Anfang an klar war, präparierte er speziell für seinen Schützling einen Hammer, der ein Gewicht von lediglich zwei Kilogramm hatte. Mit diesem Gewicht werfen normalerweise Mädchen im Alter bis zu zehn Jahren. Das Training baute er wie ein Tanzlehrer auf. Vor sechs Wochen führte Sebastian seine Tanzpartnerin Christina auf dem Parkett, heute wurde er von Franz Wagner in einem Betonring von kaum drei Quadratmetern geführt. Waren die Kommandos in der Tanzschule „links, rechts, tscha-tscha-tscha, links, rechts, tscha-tscha-tscha", so änderten sie sich jetzt in „Hacke-Ballen, Hacke-Ballen". Bei beiden Vorgängen mussten rhythmische Schrittkombinationen perfekt ausgeführt werden, um sowohl Spaß als auch Erfolg zu haben. Diese spezielle Art, einem jungen Menschen eine neue Sportart beizubringen, muss für einen Außenstehenden eher zweideutig ausgesehen haben. Wer die beiden Männer so gesehen hätte, hätte wahrscheinlich eher ein Tabledancetraining vermutet. Gott sei Dank blieb der Anblick der Öffentlichkeit verwehrt.

Franz Wagner und Sebastian Brandner befanden sich bereits seit über zwei Stunden auf dem Trainingsgelände, als sie zum ersten Mal versuchten, das theoretische Wissen und die bereits hundertmal imitierte Drehung mit dem eigentlichen Wurfgerät, dem Hammer, auszuführen. Noch einmal sprach Franz den Ablauf des ersten Trainingswurfes in allen Details durch.

„Nachdem du den Hammer zweimal über dem Kopf gedreht hast, beginnst du dann mit der Hacke des linken Fußes, wenn der Hammer vor dir sichtbar wird. Mit dem Lösen des rechten Fußes unterstützt du die Drehung. Wichtig ist, dass das rechte Bein so schnell wie möglich wieder auf der Stelle landet, wo du die Drehung begonnen hast. So, und jetzt trau dich", sagte Franz und verschwand hinter dem grobmaschigen Netz, das um den Hammerwurfring gespannt war, um niemanden zu gefährden.

Sebastian hatte eine Gabe, über die nur sehr wenige junge Menschen verfügen: eine unwahrscheinlich rasche Auffassung. Er konnte sich in kürzester Zeit Abläufe und Vorgaben merken und diese auch umsetzen. Konzentriert ließ Sebastian den Hammer zwischen seinen Beinen durchschwingen. Kurz danach pendelte er den Hammer neben seinen rechten Fuß rüber und aus dieser Stellung heraus nahm er den Hammer hoch und brachte in so in eine Umlaufbahn über seinem Kopf, begann dann bei der zweiten Umrundung mit dem linken Bein die Drehung, setzte den rechten Fuß nach einer Drehung wieder in die Mitte und ließ anschließend den Hammer aus den Händen gleiten. Gespannt verfolgten die Blicke der beiden die zwei Kilogramm schwere Eisenkugel, an der ein Drahtseil mit einem Griff hing.

Kaum war der Hammer in das Erdreich eingedrungen, frohlockte Franz Wagner, indem er laut herausschrie: „Ich wusste es, ich wusste es, er kann es, er kann es", lief dann spontan zu seinem Schützling in den Hammerwurfkäfig, umarmte und beglückwünschte ihn und freute sich mit ihm.
Sebastian Brandner wusste nicht so recht, wie ihm geschah. Das Gefühl, als der Hammer seine Hände verlassen hatte, war gar nicht schlecht gewesen, aber daraus gleich einen Balztanz zu inszenieren, das schien ihm doch etwas übertrieben.
Ermuntert von dem gelungenem Einstand festigte Sebastian mit weiteren Übungswürfen seinen momentanen Trainingszustand. Nach zehn Würfen, die beileibe nicht alle gelungen waren, beendeten die beiden ihre erste Trainingseinheit und verabredeten sich spontan für den nächsten Tag zu einem weiteren Versuch. Die Einschläge des Hammers wurden von Franz gemessen und notiert.
Fünfunddreißig Meter beim ersten Training, darauf können wir aufbauen, dachte er sich, als er sich auf sein Fahrrad schwang und gut gelaunt das Gelände verließ.
Auf seiner Heimfahrt kamen Franz Wagner immer wieder neue Ideen in den Sinn, die dieses Experiment noch erfolgreicher machen könnten. So müsste Sebastian zum einen seine Ernährung umstellen und zum anderen seine jetzigen Hobbys etwas mehr in den Hintergrund stellen. Sebastian Brandner verließ das Sportgelände in seinem dunkelblauen Anzug und den schwarzen Lackschuhen, so, wie er gekommen war und als ob nichts geschehen wäre.

Als seine Mutter Sebastian die Haustür öffnete, konnte sie natürlich nicht ahnen, welch ungewöhnliches Erlebnis er hinter sich hatte. Das einzige, was sie wahrnahm, war, dass seine Hände etwas schmutzig waren. Dieser Tatsache maß sie aber keine große Bedeutung bei.

Nach einer heißen Dusche verschwand der Sohn sofort auf sein Zimmer und durchstreifte die mit handschriftlichen Notizen ergänzten Unterlagen, die ihm der Vater seiner Freundin zum Lesen mitgegeben hatte. Der Hammerwurfdebütant las sehr aufmerksam in den Trainingsunterlagen und vergaß darüber beinahe das Abendessen.

Er war beim Essen nicht so recht bei der Sache und so mussten seine Eltern mehrfach nachhaken, wenn sie ihrem Filius eine Frage gestellt hatten. Dieses Verhalten kannten sie bei Sebastian gar nicht, und so wunderten sie sich auch ein wenig, als ihr Sohn sofort nach dem Abendbrot wortlos das Esszimmer verließ und wieder auf sein Zimmer ging. Ja, dieses neue, verwegene Hobby hat ihn voll erwischt und er konnte gar nicht genug davon bekommen.

Was Christina für sich selbst erträumt hatte, war ihrem Vater gelungen, nachdem er mit ihrem Freund drei Stunden auf einer Sportanlage verbracht, mit ihm einige Gespräche geführt und anschließend für alle Außenstehende spaßig anmutende Leibesübungen praktiziert hatte. In den Unterlagen, die Sebastian von Franz erhalten hatte, war auch ein Buch von Herbert Bauer mit dem Titel *Der Silberne Hammer* dabei. Herbert Bauer hatte bei den Olympischen Spielen 1964 in Tokio überraschend die Silbermedaille im Hammerwerfen gewonnen.

Nur mit seiner Unterhose bekleidet legte sich Sebastian auf sein Bett und fing an, das Buch zu lesen. In der Biografie wurde der Lebensweg des erfolgreichen Athleten geschildert. Sebastians großes Interesse an dem Buch wurde nur noch von seiner Müdigkeit übertroffen. Ihm fielen nach kurzer Zeit die Augen zu, und er versank in einen tiefen Schlaf.

◆ ◆ ◆

Genau so fand Marianne Brandner ihren Sohn vor, als sie ihn am nächsten Morgen wecken wollte. „Sebastian, was ist denn mit dir los?" Mit dieser Frage und ohne Morgengruß versuchte Marianne ihren Sohn wach zubekommen.

Durch sein rechtes, einen Spalt geöffnetes Auge erkannte Sebastian seine Mutter. Diesen Gesichtsausdruck hatte er schon lange nicht mehr gesehen.

Ein bisschen überrascht, aber auch fragend trafen die Blicke der Mutter den Sohn unvorbereitet.

„Es ist alles in Ordnung", beschwichtigte Sebastian seine Mutter und versprach anschließend, dass er in Kürze sein

Frühstück im Esszimmer einnehmen werde. Marianne Brandner schüttelte den Kopf und verließ das Zimmer ihres Sohnes. Ihrem bereits am Tisch sitzenden Ehemann schilderte sie den Vorfall, ohne dass der darauf antwortete. „Hörst du mir gar nicht zu? Findest du es normal, wenn dein Sohn in Unterhosen auf seinem Bett liegt und mit einem Buch in der Hand die ganze Nacht verbringt?"

Lothar hob kurz den Blick über seine Zeitung und antwortete seiner Frau: „Lass den Jungen doch erst einmal aufstehen, dann können wir ihn ja fragen."

Ans Aufstehen war erst einmal nicht zu denken. Sebastians Körper hatte ihm die gestrige Strapaze noch nicht verziehen. Jeder auch noch so kleine Muskel meldete sich beim ersten Bewegungsversuch sofort, indem er seinem Besitzer viele kleine Messerstiche verpasste.

„Was ist das denn?", fragte Sebastian sich erschrocken. „Das kann doch nicht sein", sagte er zu sich, als er sich an sein gestriges Training erinnerte.

Sebastian Brandner, dessen schlanker Körper kaum sichtbare Muskeln besaß, konnte es nicht fassen. Nur mit enormer Kraftanstrengung schaffte er es an diesem Tag, den normalen morgendlichen Ablauf zu meistern.

Fünfzehn Minuten später gelang es ihm tatsächlich, die Treppe runter ins Esszimmer zu gehen. Jeder Tritt auf den Stufen fühlte sich an, als bohrte sich eine Lanze immer tiefer in seinen Körper. Das schmerzverzerrte Gesicht ihres Sohnes beobachteten seine Eltern vom Frühstückstisch aus mit großem Entsetzen.

Die löchernden Fragen seiner Eltern ließen auch nicht lange auf sich warten und so geriet Sebastian immer mehr in Erklärungsnotstand. Sein Geheimnis, das er mit dem Vater seiner Freundin teilte, wollte er an diesem Tag noch nicht preisgeben.

„Gestern ist es mir gehörig in den Rücken gefahren", hörten die besorgten Eltern aus dem Mund ihres Sohnes.

„Wie ist das passiert?" Marianne Brandner hakte nun nicht mehr so sorgenvoll wie heute Morgen nach. Spontan griff ihr Sohn Sebastian zu einer Ausrede und antwortete seiner Mutter, dass er beim Sockenausziehen auf einmal einen Stich im Rücken verspürt hatte und sich dann kaum noch bewegen konnte. Der Frage seiner Mutter, warum er sich gestern Abend nicht gemeldet hatte, kam er zuvor, indem er schnell weitersprach und um einen Arztbesuch bat.

„Marianne, ich hab's dir doch gesagt, es gibt für alles eine Erklärung!" Mit diesen Worten fegte Herr Brandner die Spannungen endgültig vom Frühstückstisch.

Sebastians Mutter besorgte ihrem Sohn kurzfristig einen Termin beim Hausarzt, hatte zwar noch einen kleinen Zweifel, verwarf diesen aber bald und widmete sich wieder ihrem Alltag. Nach fünfzehn Minuten verließen Sebastians Eltern das Haus und so konnte er sich das erste Mal an diesem Tag entspannen.

Wenig später griff Sebastian zum Telefon und wählte die Nummer der Wagners. Hoffentlich erwische ich den Franz, dachte er, als er die sechsstellige Nummer wählte. Als er das „Franz Wagner" hörte, war er sehr erleichtert.

Etwas zurückhaltend meldete er sich mit „Hier ist der Sebastian".
„Ja mein Junge, wie geht es dir?"
„Herr Wagner, ich kann mich nicht mehr bewegen, mein Körper ist ein einziges Nadelkissen, ich bin wie gerädert, es ist fürchterlich!"
„Mein Junge, das ist doch ganz normal. Du hast doch noch nie deinen Körper über zwei Stunden so belastet. Ich finde es sogar gut, dass du einen Muskelkater bekommen hast, das sagt mir, dass dein Körper mit Muskeln gut bestückt ist."
Franz Wagner erklärte seinem Schützling in der nächsten Stunde jeden einzelnen Muskelschmerz, hörte sich seine Sorgen an, motivierte ihn nicht aufzugeben und erklärte ihm die weiteren Schritte, wie man ein erfolgreicher Hammerwerfer werden würde. Sebastian Brandner war nach dem Gespräch wieder voll motiviert und je länger er in sich hineinhörte, desto besser fühlte er sich.
Sebastian verstand die Welt nicht mehr. Vor einer Stunde wollte er das Experiment Hammerwerfen noch beenden. Nun, nach dem Telefonat, war er wieder so sehr von der Sache überzeugt, dass er sofort mit den Dehnübungen begann, die ihm Franz als Therapie vorgeschlagen hatte.
Nach einer weiteren Stunde mit intensiver Gymnastik verspürte Sebastian Brandner kaum noch Schmerzen in seinem Körper. Den restlichen Tag verbrachte er zu Hause auf seinem Zimmer. Diese neue schmerzhafte Leidenschaft konnte er nicht mehr so einfach abschütteln.

Bei allen anderen Dingen, die er an diesem Tag begonnen hatte, kam nach kurzer Zeit immer wieder dieses abenteuerliche Thema hoch. Selbst beim Klavierunterricht konnte er sich an diesem Tag nicht richtig konzentrieren und so hatte auch der pensionierte Musikprofessor keine große Freude an der Übungsstunde.

Für den nächsten Tag verabredeten sich Sebastian und Franz zu einem weiteren Training, ohne jemanden darüber zu informieren. Sebastians Eltern wunderten sich schon, als ihr Sohn in den Ferien gegen 6 Uhr 30 das Haus verließ, mit dem Fahrrad und seinem Trainingsanzug, den er bis dahin nur für die Sportstunde in der Schule benutzt hatte. Auch diesmal stand Franz Wagner schon an der Hammerwurfanlage. Beide tauschten sich noch über das gestrige Training aus, bevor sie ganz vorsichtig mit Dehnübungen und lockerem Laufen über den mit Tau bedeckten Rasen das eigentliche Training begannen.

Heute war die Vorbereitungsphase wesentlich kürzer und so brannte Sebastian darauf, endlich den Hammer in die Hand nehmen zu dürfen. Franz Wagner gab seinem Athleten diesmal einen Hammer, der nach außen hin die gleiche Größe hatte wie der vom Vortag, nur das Gewicht hatte er von zwei Kilogramm auf drei erhöht.

„Heute kommt er mir schwerer vor", kam es nach dem Anheben des Hammers aus Sebastians Mund.

„Das kommt dir nur so vor", konterte Franz ganz locker.

Das Argument von Franz und Sebastians enorme Vorfreude auf das Training ließen die Bedenken sofort verschwinden. Unzählige langsame Drehungen mit dem Hammer über seinem Kopf absolvierte er zu Beginn seiner zweiten Trainingseinheit.

„Du musst ihn fühlen, schwing ihn mal langsamer und dann wieder schneller, um die unterschiedlichen Reaktionen deines Körpers zu spüren", motivierte und unterstütze Franz die Vorübung.

Es waren an diesem Tag weitere zwanzig Würfe mit nur einer Drehung geplant. Nachdem Sebastian seinen Körper auf Betriebstemperatur gebracht hatte, unterbrach ihn Franz kurz und sagte, dass die Technik, wenn sie komplett in Sebastians Körper eingearbeitet wäre, einmal vier Drehungen umfassen sollte, bevor der Hammer die Hand verließe.

Ungläubig hörte Sebastian seinem Trainer zu und konnte sich das beim besten Willen nicht vorstellen, da er bereits bei einer Drehung große Probleme hatte, den 2,12 Meter großen Ring nicht zu verlassen.

„Aber alles der Reihe nach", beruhigte Franz sein staunendes Gegenüber. Mit einem Klatschen in die Hände und den Worten „Denk bitte an das, was wir gestern und heute besprochen haben" forderte Franz den ersten Wurf.

Merken kann er sich viel, dachte Franz, als der Hammer Sebastians Hände verließ und nach einer Drehung dem Rasen in einiger Entfernung ein großes Loch zufügte.

Auch im weiteren Verlauf des frühen Morgens stabilisierte Sebastian seine Technik immer mehr und die Einschläge des Wurfgeräts lagen von Mal zu Mal immer weiter vom Wurfring entfernt. Man sah beiden an, dass der Vormittag von Spaß und Zufriedenheit geprägt war und so konnten sie sich nur schwer von der Anlage lösen.

In dieser Art verliefen auch die nächsten Trainingseinheiten der beiden. Sebastians Eltern und auch Christina wussten immer noch nichts von der seltsamen Verbindung, machten sich aber getrennt voneinander durchaus Gedanken.

Bevor sie die beiden direkt ansprachen, kursierten schon einige abstruse Gedanken bei den Gesprächen der Brandners, die ohne den Sohn stattfanden. Genährt wurde diese Unsicherheit noch von Sebastians Klavierprofessor, der sich beklagte, dass Sebastian seine Stunden einfach ausfallen ließ, ohne ihn vorher zu informieren.

„Hat er ein Mädchen kennengelernt?", fragte Marianne.

„Ist er vielleicht schwul?", konterte Lothar Brandner auf die Frage seiner Frau, die anschließend sofort ein Taschentuch verlangte, um sich die Nase zu putzen.

„Das war doch nur ein Scherz", versuchte Lothar umgehend seine verunsicherte Frau zu beruhigen.

„Wenn du nur recht hast!" Gott sei Dank lüftete sich am nächsten Tag das Geheimnis. Franz Wagner lud die Familie Brandner zum Kaffeetrinken ein, und bei der Gelegenheit wollte er allen reinen Wein einschenken.

„Liebe Brandners, liebe Paula, liebe Christina, Sebastian und ich sind ein Paar und wir haben noch einiges vor."

Franz konnte den Satz gerade noch aussprechen, als aus dem Mund von Sebastians Mutter der Aufschrei „Was seid ihr?!" kam und sie sichtlich ihre Haltung verlor.

„Ich darf Sie beruhigen, gnädige Frau, lassen Sie mich bitte zu Ende sprechen. Seit drei Wochen hat Ihr Sohn großes Interesse am Hammerwerfen und ich unterstütze ihn dabei. Unsere Beziehung ist rein auf das Sportliche bezogen."

Nach der Klarstellung war es schön anzusehen, wie sich die Mundwinkel der Anwesenden von unten nach oben bewegten. Die Atmosphäre lockerte sich weiter auf und so wurde es noch ein schöner Nachmittag, der sich noch weit in den Abend hineinzog, da es so viel Gesprächsstoff gab.

An diesem Abend gelang es Franz Wagner, Sebastians Vater in die Geheimnisse des Hammerwerfens einzuweihen. Und auch Christina war nach langer Zeit wieder etwas gelöster und konnte so dem Tag noch etwas Schönes abgewinnen.

Nach der Offenbarung liefen die weiteren Tage und Wochen wesentlich ruhiger ab, und so langsam konnte Sebastian die ersten Früchte seiner Anstrengungen ernten. Am nächsten Wochenende veranstaltete der SV Moosach einen Werfertag für den Landkreis München. Franz Wagner hatte seinen Athleten gut vorbereitet. Mittlerweile schleuderte Sebastian den fünf Kilogramm schweren Hammer durch die Luft, der auch für seine Altersgruppe vorgesehen war.

Die beiden hatten ihre „Nur-eine-Drehung"-Technik perfektioniert und gingen deshalb ganz zuversichtlich in den Wettkampf. Franz Wagner hatte Sebastian im Vorfeld alle erforderlichen Abläufe und Regeln bis ins letzte Detail erklärt und beschrieben. Mit der neuen

Sicherheit und seinem einzigartigen Ehrgeiz stand er jetzt vor seiner ersten Bewährungsprobe.

Sechs weitere Jungen seiner Altersgruppe beteiligten sich an dem Wettkampf. Franz Wagners Schützling musste als dritter Athlet antreten. Seine vor ihm startenden Konkurrenten drehten sich alle dreimal, bevor sie den Wurf beendeten. Trotzdem lagen diese Mitstreiter mit ihren Weiten kurz vor der Vierzig-Meter-Linie – eine Weite, die Sebastian im Training bereits mehrmals mit nur einer Drehung erzielt hatte.

Nachdem sein Name aufgerufen worden war, betrat Sebastian Brandner mit voller Konzentration und Spannung den Hammerwurfring. Mit dem Rücken zur Wurfrichtung stellte er sich an den Rand des Ringes. Als Rechtshänder umfasste Sebastians linke Hand zuerst den Griff. Die rechte Hand umklammerte und festigte anschließend die linke. Danach ließ er den Hammer zweimal durch seine leicht gegrätschten Beine pendeln, bevor er dann mit der Vorwärtsbewegung immer mehr Fahrt aufnahm und gleichzeitig mit den Armen den Hammer in eine Umlaufbahn brachte. Nachdem Sebastian sein Wurfgerät das zweite Mal über seinen Kopf hatte kreisen lassen, begann er mit dem Andrehen über die Hacke des linken Beines mit der Drehung. Wichtig war jetzt, dass er den rechten Fuß schnellstmöglich in der Mitte des Ringes aufsetzte und weiterdrehte. Der linke Fuß löste sich nach dem Eindrehen ebenfalls und setzte sich einen halben Meter vor den bereits in der Mitte des Ringes gelandeten rechten Fuß. Dieser Ausfallschritt war die Basis für einen langen und kräftigen Abzug mit beiden Armen.

Als die fünf Kilogramm schwere Eisenkugel Sebastians Arme durch eine Schleuderbewegung verließ, signalisierte ihm sein Gefühl ein erstes Kompliment. Der Hammerwurflehrling schaute seinem ersten Wurf erleichtert nach.

Das Wurfgerät war sehr lange in der Luft und so wartete er anschließend gespannt auf die Weite. 42,28 Meter, hörte er den Kampfrichter sagen. Franz Wagner, der mit sehr großer Nervosität den ersten offiziellen Wurf seines Schützlings beobachtet hatte, war natürlich mehr als begeistert und jubelte lauthals. Mit der Weite übernahm Sebastian Brandner die Spitze des Teilnehmerfeldes und fühlte sich auch dementsprechend.

Sichtlich gelöst unterhielt er sich mit Franz. Er wollte ihm die vielen neuen positiven Eindrücke alle auf einmal schildern und so kam sein Trainer vorerst nicht dazu, ihm zu antworten. Franz Wagner beobachtete seinen Athleten sehr genau und genoss dieses Heraussprudeln sichtlich.

Es tut ihm gut, sagte er sich und ließ ihn weiter gewähren. Als Franz nach fünf Minuten das erste Mal zu Wort kam, motivierte er Sebastian, gab ihm zwei weitere Hinweise und forderte ihn aber auch auf, sich wieder zu konzentrieren, da er als übernächster Werfer wieder an der Reihe war. Sebastians nächste Würfe bestätigten im weiteren Verlauf die gute Leistung seines ersten Versuches, ohne sich aber noch einmal verbessern zu können. Im Gegenteil, Joachim Altmeister von 1860 München übertraf Sebastians Bestmarke im fünften

Versuch um fast drei Meter. Der Sieger war dem Schützling von Franz Wagner körperlich haushoch überlegen.

Aus diesem Grund und der Tatsache, dass es Sebastians erster Wettkampf war, wurde der zweite Platz am Abend noch ausgiebig gefeiert. Mittlerweile hatte die Schule wieder begonnen und das Leben von Franz Wagner und Sebastian Brandner beruhigte sich somit wieder etwas.

Das Training wurde runtergefahren, der Klavierunterricht hatte wieder seinen alten Stellenwert und auch die Treffen mit Christina häuften sich wieder. Franz Wagner widmete seine Aufmerksamkeit wieder dem Schuldienst. Zudem trainierte er noch die Handballmannschaft des SV Lohhof, allerdings mit geringem Erfolg.

Das lockere Hammerwurftraining führten die beiden jetzt zweimal pro Woche durch. Bei den gemeinsamen Treffen hatten sie nach wie vor viel Spaß, und daher sollten auch die Ziele erreicht werden. Neben einer zweiten Drehung für Sebastians Technik sollte noch die Weite von fünfundvierzig Metern in diesem Jahr erreicht werden. Diese angestrebte Weite würde Sebastian Brandners sportlichen Werdegang beschleunigen, weil er dann in den bayerischen Nachwuchskader für Hammerwerfer aufgenommen werden würde.

Als eine Schwäche erkannte nicht nur Franz, dass Sebastian Brandner im Vergleich zu seinen Konkurrenten viel zu schmächtig war. Daher stellte Franz Wagner einen speziellen Ernährungsplan für seinen Schützling zusammen. Milch, Quark, Fleisch, Nudeln und Gemüse standen ab sofort neben dem üblichen Essen zusätzlich auf dem Tisch im Hause Brandner.

Der für beide bis dahin wichtigste Wettkampf wurde am 20. Oktober 1970 im Münchner Dantestadion ausgetragen. Bis dahin hatten die beiden noch drei Wochen Zeit für die Vorbereitung. Die Lust am Werfen und die noch von enormem Ehrgeiz gestützte Einstellung brachten das Hammerwurfduo von Woche zu Woche weiter voran. Nach zehn Tagen hatte Sebastian die zweite Drehung in seine Technik einbauen können und auch sein Gewicht ging zwei Kilogramm nach oben, was durchaus positiv war. Die Trainingswürfe gestalteten sich immer konstanter.

Es war eine positive Veränderung zu sehen. Sebastian startete nun für den VFL Gerching und besorgte sich die passende Sportkleidung. Das royal blaue Trikot und die weiße Sporthose standen ihm ausgezeichnet. Die geliehenen Sportschuhe konnte Sebastian seinem Mentor auch wieder zurückgeben, da er sich nagelneue Hammerwurfschuhe beim Sportfachhändler zugelegt hatte. Abgerundet wurde das Ganze mit einer praktischen Sporttasche und dem Vereinstrainingsanzug des VFL Gerching.

Je näher der Wettkampftag rückte, desto intensiver arbeiteten die beiden. Als einen weiteren Insidertipp erkannte Sebastian den Ratschlag seines Trainers, seinen Handschuh, den er an der linken Hand trug, mit Baumharz zu bestreichen, um ein Abrutschen zu vermeiden. Auch die neuen Werferschuhe brachten mehr Stabilität in seine Technik.

Überraschenderweise stoppte Franz Wagner die geplanten Trainingseinheiten drei Tage vor dem entscheidenden Wettkampf, ohne es vorher mit Sebastian abgesprochen zu haben. Sebastian Brandner fühlte sich gut und konnte die Anordnung seines Trainers anfangs überhaupt nicht verstehen. Nach einer längeren und zum Teil auch etwas hitzig geführten Diskussion konnte Franz Wagner seinen Athleten davon überzeugen, dass die Ruhe vor dem entscheidenden Tag das Beste für ihn sei. Sebastian konnte sich gut beherrschen und so schien er äußerlich vernünftig. Innerlich konnte er lange nicht nachvollziehen, dass Franz ihn gerade jetzt, wo er so gut drauf war, sportliche Enthaltsamkeit verordnet hatte.

Sebastians erfahrener Trainer wusste genau, was er tat. Nur wenn er hungrig in den Ring geht, kann er die geforderte Weite auch werfen, sagte sich Franz auf der Heimfahrt.

Der Wettkampf am Wochenende wurde auch im Hause Brandner intensiv diskutiert. Sebastians Eltern, die bis dahin wenig Interesse an Sportveranstaltungen gezeigt hatten, wollten es sich nicht entgehen lassen und waren fest entschlossen, ihrem Sohn am Samstag in München beizustehen. Der Begriff Hammerwerfen war im Hause Brandner bis vor kurzem nie Bestandteil einer Diskussion gewesen und so musste Sebastian seinen Eltern etwas Nachhilfeunterricht zum Thema geben, um die beiden nicht allzu unvorbereitet in die Landeshauptstadt fahren zu lassen.

Mit den Spezialausdrücken, wie „Hacke und Ballen", „fallen lassen" und dem „Druck mit dem rechten Fuß", konnten die mit großem Interesse zuhörenden Erziehungsberechtigten beim besten Willen nichts anfangen. Nach Sebastians Belehrung waren seine Eltern nicht unbedingt weitergekommen, aber sie sahen die leuchtenden Augen ihres Sohnes und waren überrascht, mit welcher Leidenschaft er sich der neuen Sache widmete.

Innerlich standen für Sebastian immer noch einige Fragezeichen hinter dem plötzlichen Trainingsstopp. An diesem Abend konnten Sebastian und seine innere Stimme keine Einigung mehr herbeiführen.

Franz Wagner rief nach der Schule bei Sebastian an und machte ihm einen weiteren scheinbar absurden Vorschlag: „Sebastian, was hältst du davon, wenn du heute Abend mit Christina zum Tanzen gehst?"

„Wie bitte?", kam es wie aus der Pistole geschossen zurück. „Herr Wagner, ich kann mich doch nicht vor so einem enorm wichtigen Ereignis die ganze Nacht mit Ihrer Tochter amüsieren!"

„Doch, das geht", kam es postwendend zurück. „Tanzen ist die beste Vorbereitung für einen Hammerwerfer. Durch die rhythmischen Schrittfolgen bekommst du eine gewisse Leichtigkeit in deine Füße, die es dir dann am Wettkampftag einfacher macht, deine Technik umzusetzen."

Auch diesen „Blödsinn" nahm Sebastian nach kurzer Zeit äußerlich gefasst hin, um sich dann aber Minuten später innerlich ganz heftig damit auseinanderzusetzen.

Durchaus motiviert und gespannt, aber durch sein ungewöhnliches und unkonventionelles Vorbereitungsprogramm etwas irritiert, verließ er am nächsten Tag gegen 12 Uhr die elterliche Wohnung, um sich am Rathaus mit Franz zu treffen.

„Wie war der gestrige Abend mit meiner Tochter?", begrüßte Franz seinen Schützling und bat ihn, ins Auto einzusteigen. Allein durch Sebastian Brandners Körpersprache konnte Franz dessen Gemütszustand gut erkennen. Auf der dreißigminütigen Autofahrt gingen die beiden noch einmal alle technischen Schlüsselpositionen konzentriert durch. Franz Wagner war psychologisch unwahrscheinlich einfühlsam und konnte auf jede auch noch so kleine Gemütsveränderung sofort eingehen. Bei dem Gespräch im Auto konnte er seinen Athleten überzeugen, dass die etwas außergewöhnliche Vorbereitungsphase durchaus erfolgreich gewesen war.

Wie geplant hatten die zwei noch neunzig Minuten Zeit, um sich geistig und körperlich optimal einzustimmen. Franz Wagner holte beim Wettkampfbüro die Startunterlagen, sein Schützling holte sich ein Buch aus der Tasche und sammelte sich auf diese Weise. Eingepackt in eine Wolldecke las Sebastian Brandner *Das fliegende Klassenzimmer* von Erich Kästner eher oberflächlich.

Durch ein Klopfen auf die Schulter beendete Franz Wagner Sebastians Lesestunde und begab sich dann mit ihm auf den Aufwärmplatz des Dantestadions.

Sebastian und sein Trainer joggten erst in Laufkleidung ein wenig am Rand entlang, dann machten sie leichte Dehnübungen und Schrittkombinationen auf dem Rasen. Zehn Minuten später begann der wesentliche Teil des

Warmlaufprogramms. Hierfür musste Sebastian seine Werferschuhe, die extrem eng gebunden wurden, anziehen. Jetzt wiederholten die beiden die Hammerwurfdrehung wieder und immer wieder.

„Hacke-Ballen, Hacke-Ballen", kam es jetzt kurz und prägnant von Franz. Hüft- und Beckenkreisen ergänzten den bisherigen Warmlaufprozess. Ein Blick von Sebastians Trainer auf die Uhr signalisierte das Ende der Vorbereitungsphase.

„So, nun noch drei Übungswürfe, dann kann es losgehen."

Als diese Worte Sebastians Ohren erreichten, wurde ihm richtig warm vor Aufregung. Mit zwölf Teilnehmern war die Konkurrenz größer als bei Sebastians Debüt vor vier Wochen. Und was man beim Einwerfen der Athleten sehen konnte, war die Qualität einiger Gegner.

Vier Kameraden kannte Sebastian noch vom letzten Mal, die anderen waren ihm völlig unbekannt. Der süddeutsche B-Jugendmeister vom VFB Stuttgart, Johannes Metzeler, war ebenfalls gemeldet, und so auch der österreichische Jugendmeister Karl Pospusil vom Grazer AK. Sebastian zog es fast die Schuhe aus, als er die Würfe seiner Konkurrenten beim Einwerfen beobachtete.

„Die Würfe sind doch nahe an den Sechzig-Meter-Linie, soll ich da überhaupt mitmachen?" Fast resignierend stellte Sebastian seinem Trainer diese Frage, der auch die schwindende Körperspannung seines Schützlings erkannte und sofort dagegensteuerte.

„Sebastian Brandner, wir beide haben uns die letzten Wochen konzentriert und zielstrebig auf diesen Wettkampf vorbereitet, um fünfundvierzig Meter mit dem Hammer zu werfen! Die beiden Spitzenwerfer sind in der europäischen Rangliste unter den zehn besten Werfern platziert. Johannes und Karl werfen seit über sechs Jahren Hammer und beherrschen bereits vier Drehungen. Und jetzt kommst du und möchtest mit ihnen mithalten? Sebastian, du musst ja größenwahnsinnig sein, wenn du dich nach acht Wochen Training, mit nur zwei Drehungen und einem Gewichtsunterschied von mindestens zwanzig Kilogramm mit den Topathleten messen möchtest!"

Das hatte gesessen. Die massive Zurechtweisung holte Sebastian wieder auf den Boden der Tatsachen zurück. Mit dem Hinweis, dass er die Drehung langsam beginnen sollte, schickte Franz seinen Athleten zum ersten Vorbereitungswurf in den Ring. Als Sebastian den Hammer zum Anschwingen über den Kopf nahm, beschleunigte er zu schnell und verlor den Rhythmus, die Orientierung und letztlich auch den Hammer, den er vorsichtshalber einfach aus den Händen hatte gleiten lassen, um sich nicht zu verletzen.

Da die Gesetze der Fliehkraft auch im Hammerwurfring nicht außer Kraft gesetzt werden, kam es, wie es kommen musste: Sebastian flog ebenso wie der Hammer in das Fangnetz, nur um hundertachtzig Grad versetzt. Er suchte vergeblich das berühmte Mauseloch, in das er sich jetzt schnellstens verkriechen wollte.

Alle, die diesen vergeblichen Versuch gesehen hatten, die physikalischen Gesetze zu besiegen, konnten ihr Lachen nicht verbergen. Wie ein begossener Pudel zog Sebastian seinen Hammer aus dem Netz und verschwand mit gesengtem Kopf vom Platz.

Die Bemerkung seines österreichischen Konkurrenten Karl Pospusil, „Artisten gehören in den Zirkus und nicht auf den Sportplatz", schmerzte ihn tief in der Seele.

Völlig aufgelöst und den Tränen nahe lief Sebastian Brandner planlos vom Sportgelände weg. Nur mit großer Anstrengung konnte Franz Wagner seinen Schützling überreden, stehen zu bleiben. Sebastian Brandner stand quasi unter Schock. Diese Facette hatte der Coach zuvor an ihm noch nicht festgestellt. Franz, der immer strategisch dachte und handelte, sah seine Felle davonschwimmen.

Verdammt, er hat es doch drauf, dachte er und konnte seine Enttäuschung nun nicht mehr vor Sebastian verbergen.

„Ich nehme diesen Scheißhammer nie mehr in die Hand, nie mehr!"

Jetzt bloß nichts sagen, dachte Franz sich und fand wieder zu seiner Ruhe zurück. Die weiteren Schimpfworte, mit denen Sebastian nach wie vor den Hammer bedachte, hatten alle einen ähnlichen Wortlaut und so war es gut, dass der Hammer nichts hören und antworten konnte. Der Hammer schwieg!

Langsam gingen Sebastian die Schimpfworte und etwas später auch die Luft aus.

So, jetzt ist er „leer", dachte Franz und startete den Versuch, Sebastian wieder zu stabilisieren.

Mittlerweile hatten sich die beiden schon einige hundert Meter vom Wettkampfort entfernt. Sebastians Trainer wollte einfach noch nicht aufgeben und er hatte ja noch zehn Minuten Zeit, um seinen völlig neben sich stehenden und mittlerweile fast schon apathisch dreinblickenden Schützling wieder in die Realität zurückzuholen. Drei Minuten vergingen, ohne dass einer der beiden auch nur ein Wort gesprochen hätte.

Dann ließ Franz ganz „zufällig" seinen Notizblock fallen, um eine Reaktion von Sebastian zu provozieren.

„Bitte, Herr Wagner, Ihr Block." Mit diesen Worten löste sich Sebastians Verkrampfung und als die beiden sahen, dass Sebastians Eltern mit Christina im Stadion eintrafen, brach es noch einmal aus Sebastian hervor. Er konnte seine Tränen nicht zurückhalten.

„Es muss raus, nicht dagegen ankämpfen, lass es einfach zu", unterstützte Franz seinen schwächelnden Athleten, der seine gesamte Scham mit den Tränen herausspülte.

Tatsächlich stabilisierte sich Sebastians Zustand wieder etwas, sodass man ihm zumindest nach außen hin nichts mehr anmerkte. Gott sei Dank hatte das komplette Umfeld, das sich an diesem Tag im Dantestadion befand, nichts von der Tragödie mitbekommen. Instinktiv liefen Sebastian und Franz wieder in die Richtung des vor wenigen Minuten noch verhassten Ortes im Stadion.

„Du hast noch genügend Zeit, wir ändern nur ein wenig unsere Strategie, indem du den nächsten Versuch mit nur einer Drehung beginnst."

„Was, Sie wollen, das ich heute noch den Wettkampf bestreiten soll?" „Ja selbstverständlich wirfst du, wir lassen uns doch nicht von unvorhersehbaren Geschehnissen aus der Bahn werfen", antwortete Franz dem etwas ungläubig schauenden Sebastian.

„Nein!"

„Doch!"

„Nein!"

„Doch!"

„Nein! Auf gar keinen Fall gehe ich heute noch einmal in den Ring, um zu werfen", antwortete Sebastian noch etwas verbittert und trotzig. Mittlerweile waren sie wieder am Hammerwurfring angekommen.

„Sebastian, deine Eltern und Christina sind nur wegen dir heute angereist und du würdest sie schon ein bisschen enttäuschen, wenn du nun kneifen würdest."

„Ich kneife nicht", kam es trotzig von Sebastian zurück.

„Wunderbar", antwortete Franz und forderte seinen Athleten auf, sich noch ein paar Runden warmzulaufen.

Sebastian hatte seine Antwort nur auf das Wort kneifen bezogen, wobei er lediglich den Begriff an sich als unpassend empfand und deshalb an seinem Entschluss, heute nicht mehr zu werfen, eigentlich festhalten wollte. Doch ohne eine weitere Antwort zu geben fing Sebastian an, sich warmzulaufen.

In der Zwischenzeit begrüßte Franz Wagner Sebastians kleine Fangemeinde und signalisierte den Anwesenden, dass alles in Ordnung sei.

Christina und Sebastians Eltern setzten sich auf die Tribüne und waren sehr gespannt, ob Sebastian die Qualifikationsweite von fünfundvierzig Metern für die Aufnahme in den bayerischen Nachwuchskader schaffen würde. Pünktlich um 14 Uhr begann der Wettkampf der männlichen B-Jugend im Hammerwerfen. Da Sebastian Brandner vom VFL Gerching als zehnter Athlet in den Ring ging, hatten die zwei noch ein paar Minuten, um sich zu sammeln und zu festigen.

„Sebastian, wichtig ist jetzt, dass es dir gelingt, nach drei Versuchen unter den besten acht Startern zu sein, um noch einmal drei weitere Versuche für den Endkampf zu bekommen. Normalerweise müsste es reichen, wenn du die ersten zwei Versuche mit nur einer Drehung abschließt. Es schleudern nicht alle deiner Konkurrenten den Hammer über vierzig Meter, und da du diese Weite mit nur einer Drehung auch werfen kannst, kommt dann doch noch die Sicherheit hinzu, die wir brauchen, um zum Finale zwei Drehungen zu setzen."

Franz Wagner redete in den verbleibenden Minuten bis zum ersten Versuch noch aufmunternd auf seinen nach wie vor verunsicherten Athleten ein.

„Nächster Werfer ist Sebastian Brandner vom VFL Gerching."

Nach den Worten des Wettkampfleiters ging Sebastian in den von ihm heute so ungeliebten Hammerwurfring. Obwohl sich der Schützling von Franz Wagner mittlerweile innerlich gefestigt hatte, konnte er das Gefühl nicht loswerden, dass alle Augen auf ihn gerichtet waren. Es konnte ja durchaus noch einmal vorkommen, dass er wieder Anlass zum Lachen bieten würde.

Trotz der gefühlten Nadelstiche – so empfand Sebastian die auf ihn gerichteten Blicke – konnte er seinen ersten Versuch technisch gut zu Ende bringen, und der Hammer hätte die gewünschte Weite auch beinah erreicht. Aber leider nur hätte, denn Sebastians Hammer landete außerhalb des Wurfsektors. Obwohl Sebastians erster Versuch nicht gültig war, verließ er den Ring als zufriedener Athlet. Franz Wagner konnte ein leises „Scheiße" nicht unterdrücken, reagierte aber sofort und motivierte Sebastian dahingehend, dass der Wurf von der Weite ein sehr guter gewesen wäre. Er reklamierte nur die Anfangsposition, die Sebastian aufgrund seiner nicht alltäglichen Vorbereitungsphase falsch eingeschätzt hatte.

Nun konnte Sebastian seinen Fanclub begrüßen. Christina, Marianne und Lothar symbolisierten mit dem Victory-Zeichen und gedrückten Daumen ihre Hoffnung für das heutige Gelingen.

Parallel dazu verfolgte Franz Wagner das Treiben auf der Hammerwurfanlage. 38,64 Meter hatte der Achtplatzierte nach dem ersten Versuch geworfen, und das würde reichen, um zumindest in den Endkampf zu gelangen.

Franz ließ Sebastian in Ruhe, denn er erkannte jetzt mehr Entschlossenheit in dessen Gesicht und die Schultern hingen auch nicht mehr so nach unten. Die Ausgangsfußstellung wurde um zehn Grad nach links gedreht und so begann Sebastian seinen zweiten Durchgang ebenfalls mit nur einer Drehung.

Diesmal klappte es besser. 41,10 Meter standen nach dem zweiten Durchgang bei Sebastian im Ergebnisüberblick. Mit der Weite war Sebastian an sechster Stelle und der Versuch brachte bei Franz und Sebastian die Sicherheit, die sie sich eigentlich schon vor dem ersten Versuch gewünscht hätten.
Es war klar, dass dieses Ergebnis ausreichen würde, um das Minimalziel, nämlich den Endkampf, zu erreichen. Franz holte seinen Schützling zu sich, um ihn auf seinen nächsten Versuch, den er diesmal mit zwei Drehungen absolvieren sollte, vorzubereiten. Bewusst suchte der Trainer Augenkontakt mit Sebastian, um zu erkennen, dass dieser die Anweisungen auch bewusst wahrnehmen würde.
„Langsam, langsam, langsam und noch einmal langsam, so beginnst du die erste Drehung! Hast du gehört?", wiederholte er noch einmal nachhaltig.
„Ja, Coach!"
„So, und jetzt konzentrier dich noch ein paar Minuten und denk immer daran: Du kannst es!"
Mit der letzten Aufforderung kitzelte er noch einmal Sebastians Selbstbewusstsein. Ja, er schwingt locker und die Bewegung ist auch rund, erkannte Franz Wagner sofort nach Beginn der ersten Drehung seines Schützlings, und die Beschleunigung war diesmal gut dosiert. Sebastian warf den Hammer in den Münchner Himmel und stand fest wie eine Eiche im Ring.
Franz Wagner brauchte gar nicht den Einschlagspunkt des Hammers zu sehen, um zu erkennen, dass dies ein gelungener, nein, ein ausgezeichneter Wurf gewesen war.

Sebastian empfand das schöne Gefühl ebenso. Alle Teilnehmer und Zuschauer erkannten schnell, dass der Wurf sehr weit war. Sebastians Fanclub, der weiter in der Stadionmitte stand, sah den Einschlag, der auch noch ein großes Loch in den Rasen geschlagen hatte, nahe der Fünfzig-Meter-Linie.
Mit den 48,08 Metern hatte keiner der Anwesenden gerechnet. Franz und Sebastian hüpften vor Freude wie zwei kleine Kinder um den Hammerwurfring herum. Was gerade in Sebastians Kopf vorging, war unbeschreiblich. Vor dreißig Minuten suchte er noch jenes Mauseloch, in das er liebend gerne verschwunden wäre, und jetzt fehlte ihm eine große Bühne, um allen Menschen seine Freude zu zeigen.
„Wow, das war geil", sagte er jedem, der ihm in den nächsten Minuten begegnete, ohne danach gefragt worden zu sein.
Mit dem Versuch verbesserte er sich auf den dritten Platz, stand aber immer noch hinter seinen beiden übermächtigen Gegnern Karl Pospusil und Johannes Metzeler.
Selbst sie waren überrascht von dem Wurf ihres anfangs noch belächelten Konkurrenten.
Der kleine Sebastian-Fanclub, der in einiger Entfernung das Geschehen freudig verfolgte, konnte die geworfene Weite fachlich natürlich nicht richtig einordnen, schloss sich aber spontan den Jubelsprüngen an, nahm sich in die Arme und drückte sich.
Der Vorkampf war abgeschlossen und so kehrte wieder ein bisschen Ruhe ein. Franz Wagner erkannte aufgrund

des Wettkampfverlaufes, dass er da einen äußerst sensiblen Athleten zu betreuen hatte. Aber gerade darin unterschied der sich eigentlich von allen andern.

Und diese außergewöhnliche Psyche ist die Voraussetzung dafür, dass Sebastian einmal ein ganz Großer werden könnte, überlegte Franz weiter. Der Endkampf begann mit dem Achtplatzierten des Vorkampfes und so hatte der dritte, Sebastian Brandner, noch etwas Zeit, bevor er zu seinem nächsten Versuch antrat.

Und nun wiederholten sich die Ereignisse des Einwerfens. Nach dem missglückten Wurf mit dem unfreiwilligen Abgang ins Hammerwurfnetz wollte er nie, nie wieder werfen. Nun, beim Andrehen zum vierten Versuch, war er innerlich so aufgekratzt, dass er den Hammer ohne die Drehung zu beenden einfach losließ und abermals ins Netz setzte.

„Die innere Spannung ist weg, das ist doch ganz normal", erklärte Franz den Anwesenden Sebastians Reaktion. Daher meldete Franz Wagner seinen Athleten bei der Wettkampfleitung für die beiden letzten Versuche ab.

Am Ende gewann Karl Pospusil vom Grazer AK mit 55,28 Metern vor Johannes Metzeler vom VFB Stuttgart, der exakt einen Meter weniger warf. Dritter, aber emotionaler Sieger war natürlich Sebastian Brandner vom VFL Gerching mit seinem Wurf auf 48,08 Meter. Sebastians Weite, mit nur zwei Drehungen geworfen, hatte zumindest den gleichen Stellenwert wie die Weite des Siegers, der seine Weite mit vier Drehungen erreicht hatte. Die Siegerehrung genoss der Junge in vollen

Zügen, denn aus dem Artisten vom Zirkus, wie Karl Sebastian anfangs genannt hatte, war ein ernst zu nehmender Gegner für die Zukunft geworden.

"Entschuldige bitte meinen blöden Spruch." Karl reichte Sebastian die Hand und erkannte damit dessen Leistung voll an.

Die Heimfahrt war für Franz Wagner eine innere Befriedigung, da es ihm gelungen war, genau den richtigen Menschen unter Tausenden zu finden. Er hatte bereits ganz konkrete Ideen entwickelt und sah die Zukunft für sich als Trainer und Sebastian als zukünftigen Spitzenwerfer sehr optimistisch.

♦ ♦ ♦

Das Leben bei Wagners und Brandners lief in den folgenden Wochen normal ab. Sebastians Noten auf dem Gymnasium stabilisierten sich auf hohem Niveau, und seine lockere Beziehung zu Christina gab ihm einen willkommenen Zufluchtsort, wenn seine Eltern in Sachen Erziehung und sein Coach im sportlichen Bereich zu extrem in sein Leben eingriffen.

Das Heranwachsen mit all den offenen Fragen gelang dem Teenager ganz gut, obwohl er in manchen

Situationen auch mal einen Rückschlag einstecken musste.

Den Führerschein für das Moped konnte er erst im zweiten Anlauf meistern und den Wunsch, einen tragbaren Kassettenrekorder zu kaufen, konnte er sich noch nicht erfüllen, da sein nicht allzu üppig bemessenes Taschengeld nicht ausreichte.

Die Monate November und Dezember wurden intensiv genutzt, um Sebastians Körper die notwendigen Muskeln anzutrainieren, um im nächsten Jahr noch weiter nach oben zu kommen. Die Motivation für die aus Sebastians Sicht oftmals stumpfsinnige Art des Trainings erhielt er durch die am Jahresende herausgekommenen Bestenlisten, die seine augenblickliche Position in Bayern und in Deutschland festhielten. Sebastian Brandner vom VFL Gerching stand in Bayern auf Platz fünf mit einer Weite von 48,08 Metern. Mit derselben Weite war er in der deutschen Bestenliste zwölfter. Intensiv und akribisch studierte er die vor ihm platzierten Gegner. Er sah auch durchaus Potential in sich, das ihn im kommenden Jahr weiter nach vorn bringen sollte.

Eine Unsicherheit bei seiner Jahresplanung war noch der Wechsel in die höhere Altersgruppe, der männlichen Jugend A. Der Hammer, der Sebastian im vergangenen Jahr schon fast zu schwer gewesen war, wog nicht mehr fünf, sondern 6,25 Kilo. Der Gedanke daran rumorte schon seit längerer Zeit in Franz Wagners Kopf herum.

Franz' Schützling hatte das Aussehen eines Sprinters und nicht das eines Hammerwerfers, die immer schon zu den Schwersten der Leichtathletik gehörten. Aus diesem

Grund griff Franz massiv in die Ernährungsgewohnheiten der Brandners ein.

Sebastian bekam von seinem Trainer einen Zusatzspeiseplan, der die regulären Mahlzeiten kaum noch zuließ. Er musste zusätzlich pro Tag einen Liter Milch, zweihundert Gramm Speisequark, fünf Becher Jogurt und ein Eiweißmischgetränk in sich hineinwürgen.

Normalerweise lässt sich kein Heranwachsender derart bevormunden, aber Sebastian Brandner nahm es auf sich. Zu dem Zeitpunkt war der Drang nach Erfolg wesentlich größer als die Abneigung gegen das tägliche Zusatzmenü. Genau diesen Zustand hatte Franz herbeiführen wollen.

Er schätzte die Situation schon richtig ein und dachte, wenn ein junger Heranwachsender sich solch einem Prozedere unterwerfen würde, dann würde er noch ganz andere Dinge tun.

Durch das konstante Mästen und das viermalige Training pro Woche veränderte sich langsam Sebastians Äußeres. Da er in den nächsten Monaten keinen Hammer werfen konnte, aber zwischendrin ein Erfolgserlebnis brauchte, gestaltete Franz für ihn ein Trainingsbuch mit allen Schikanen.

In dem Buch waren für zehn verschiedene Kriterien Spalten angelegt, in die Sebastian jeden Montagabend seine Werte eintragen musste: Körpergewicht, Leistungswerte von Bankdrücken, Kniebeugen, Reißen, Muskelumfänge von Oberschenkel, Waden, Oberarm, Unterarm und Bauch. Franz, der schon vielen jungen Menschen die Hammerwurftechnik beigebracht hatte, nannte das eigentlich unscheinbare Notizbüchlein immer das „Zauberbuch".

Junge Athleten, die einen gesunden Ehrgeiz mitbringen, versuchen in dieser Phase grundsätzlich, die letzten Werte immer wieder zu übertreffen. Einer von ihnen war Sebastian. Er trainierte so konzentriert und aufopferungsvoll, dass die Werte in seinem Trainingsbuch in jeder Woche eine Steigerung aufwiesen. Dieses Kunststück war noch keinem seiner Vorgänger gelungen.

Sebastian ist schon ein besonderer Junge, dachte Franz sich, als er nach acht Wochen – es war ein Tag vor Weihnachten – den ersten Trainingsblock beendete. Franz wollte die Werte seines jungen Athleten grafisch darstellen und so zeichnete er jeden Wochenwert auf ein großes Plakat und hängte es in den Trainingsraum.

Jeder Aktienbesitzer hätte sich bei diesen aufsteigenden Kurven riesig gefreut.

So erhöhte sich Sebastians Körpergewicht auf fünfundachtzig Kilo, und auch der Umfang des Oberarms, den Sebastian am liebsten trainierte, um im Sommer beim Baden potentiellen Verehrerinnen zu gefallen, steigerte sich um satte fünf Zentimeter.

Jetzt fand er auch mal den Mut, sich vor einen Spiegel zu stellen und erste kleine Posen zu probieren.

Aus der ausgelassenen Laune heraus feierte Sebastian Brandner das Weihnachtsfest 1970 sehr ausgiebig und konnte so die kurze Erholungspause bis zum neuen Jahr einigermaßen gut überbrücken.

Am zweiten Januarwochenende fand in der Sportschule Grünwald der erste Hammerwurflehrgang des BLV für die bayerischen Spitzennachwuchsathleten statt. Sebastian war einer von sechs Athleten, die sich an diesem Wochenende zum ersten Mal trafen und zunächst einem Fitnesstest unterzogen wurden. Sprungtest, Sprintfähigkeit, Kraftwerte und Koordinationstechniken standen nun auf dem Prüfstand.

Am Abend des ersten Tages, noch bevor es Abendessen gab, wurden die Ergebnisse des Tages von allen Hammerwerfern nach einem Punkteschlüssel ausgewertet. Sebastian Brandner schlug sich in der Runde ganz passabel und schloss als drittbester Werfer ab. Der Verbandstrainer, Herr Rüd, erläuterte die einzelnen Schwächen und Stärken jedes Sportlers und stellte anschließend für alle einen neuen Trainingsplan zusammen.

Nach dem reichhaltigen Abendessen, bei dem jeder so viel essen durfte wie er wollte, gingen die sechs noch in die Münchner Innenstadt, um den anstrengenden Tag hinter sich zu lassen und auf andere Gedanken zu kommen.

Nach einem ausgiebigen Kneipenbummel kamen die Nachwuchsathleten gerade noch vor 24 Uhr an der Pforte der Sportschule an, die kurz darauf geschlossen wurde. Sebastian konnte sich gut in die Gruppe eingliedern und so wurden auch gleich einige Freundschaften geschlossen.

Aufgrund des kurzweiligen und lustigen Innenstadtbummels schmerzte der Kopf am nächsten Morgen doch etwas, als gegen 6 Uhr der Wecker klingelte und sich die tollpatschig wirkenden "schweren Jungs" zum morgendlichen Waldlauf in der Sportschule trafen.

Praktisch im Dunkeln, nur durch ein paar am Rande platzierte Lampen, die den Laufweg schwach beleuchteten, ging es kreuz und quer durch die Anlage.

Kurz vor Erreichen der Unterkunft traute Sebastian seinen Augen kaum. Er war gerade an Detmar Cramer und Gerd Müller vorbeigelaufen! Die beiden bereiteten sich bei dem morgendlichen Spaziergang auf ihr am Nachmittag stattfindendes Heimspiel gegen den 1. FC Köln vor.

Diese Begegnung wühlte Sebastian ganz gehörig auf und der Gedanke, dass er diese Sportidole mit eigenen Augen gesehen und sie im Abstand von nur einem Meter passiert hatte, brachte ihm einen neuen Motivationsschub.

Er konnte das Erlebnis nicht einfach so ablegen, nein, diese Begebenheit verwirrte ihn doch gehörig. Den Vormittag, der größtenteils mit Theorie gespickt war, nahm Sebastian nur flüchtig wahr.

Das Leben ist schon manchmal sonderbar, dachte Sebastian. Mit großer Neugier und voller Erwartungen bin ich zu dem Hammerwurflehrgang angereist, und jetzt treffe ich Detmar Cramer und Gerd Müller.

Dieses Erlebnis erzählte er natürlich seinem Trainer Franz, als er ihn beim ersten Training nach dem Kaderlehrgang wiedertraf.

Franz erfasste die Situation rasch, und deshalb blieb er beim Thema Gerd Müller und Detmar Cramer und stellte seinem Schützling in Aussicht, dass er, wenn er das Training voll durchzog, in absehbarer Zeit durchaus öfter Sportgrößen treffen könnte.

Nach einem kurzen Resümee des letzten Wochenendes begann nun für die beiden der zweite Trainingsabschnitt, der als Vorbereitung für die Saison 1971 der wichtigste werden sollte. Parallel zu seinem sportlichen Fortschritt gelang es Sebastian relativ gut, in seinem vorletzten Jahr vor dem Abitur, die schulischen Leistungen auch noch etwas zu steigern, und so freuten sich insbesondere seine Eltern, dass ihr Sohn sich hier keine Blöße gab und mit guten Ergebnissen eine solide Basis für seinen weiteren beruflichen Werdegang legte.

Durch das zielstrebige Training im Sport fiel ihm nun auch in der Schule das Lernen leichter. Sebastian konnte mit der Zielsetzung besser umgehen, waren seine guten Noten in der Schule durch eine kontrollierte Lockerheit geprägt, bei der seine Leistungsbereitschaft aber nie ganz ausgereizt worden war. Je länger er sich mit dem Hammerwerfen befasste, desto zielstrebiger gestalteten sich seine Lernphasen bei schulischen Themen, um auch hier der Beste zu werden.

Großen Anteil an Sebastians persönlicher Entwicklung hatte Franz Wagner. Im Verlauf des zweiten Trainingsabschnittes Mitte Februar planten die beiden ihr Jahrestraining für 1971. Es gab zwei Pflichttermine in diesem Wettkampfjahr: die Bayerischen Jugendmeisterschaften in Waldkraiburg im Juni und einen Monat später die Deutschen Jugendmeisterschaften in Lübeck. Sollten diese zwei Veranstaltungen positiv verlaufen, konnte sogar im September des gleichen Jahres noch ein Jugendländerkampf gegen Großbritannien möglich werden. Aber alles der Reihe nach.

Franz, der ein kleiner Autonarr war, hatte sich mittlerweile einen Porsche zugelegt, und den wollte er im neuen Jahr so oft wie möglich richtig ausfahren. Unter Ausfahren verstand er, dass man an großen Sportveranstaltungen in ganz Deutschland teilnehmen sollte. Sebastian, auch kein Kind von Traurigkeit, kam diese Art, an Sportfesten teilzunehmen, gerade recht.

Mit dieser tollen Neuigkeit im Hinterkopf studierten Sebastian und Franz eines Abends den Terminkalender der Leichtathletik-Sportvereinigung der BRD (kurz: LSV) noch intensiver: 10. Mai Bahneröffnung in Mainz, 21. Mai Pfingstsportfest in München, 9. Juni Internationales Flutlichtsportfest in Köln.

Dann kam mit den Bayerischen Leichtathletikmeisterschaften in Waldkraiburg der erste Pflichttermin für das erfolgshungrige Duo. Obwohl Sebastian in der abgelaufenen Saison in Bayern an sechster Stelle lag, gingen beide zumindest an diesem Abend davon aus, dass Sebastian bayerischer Jugendmeister 1971 im Hammerwerfen werden würde.

Nach einigen Geschichten, die Franz seinem Schützling sehr gern erzählte, ging die Terminhektik der Wettkämpfe weiter: 28. Juni Hammerwurfpokal in Stuttgart. 9. Juli Vergleichskampf der Süddeutschen Verbände.

Und nun holte Franz etwas weiter aus. Der 24. Juli war für sie in diesem Jahr der alles entscheidende Tag. Sollte es Sebastian an diesem Tag gelingen, den zweiten Platz zu erringen, dann käme die LSV nicht an einer Nominierung von Sebastian Brandner für den Jugendländerkampf gegen Großbritannien vorbei. Und wenn es ihnen gelänge, ihn in die internationale Szene zu bringen, dann könnte er zu den ganz Großen gehören.

Fast ein wenig berauscht beendeten die beiden Optimisten den Planungsabend und festigten damit ihr gemeinsames Streben nach Erfolg. Nachts träumte Sebastian von all seinen erhofften Zielen. Jeder noch so große Wettkampf wurde in dieser Nacht mit großem Vorsprung von ihm gewonnen. So traf ihn das "Sebastian, bitte aufstehen!" ziemlich hart, und statt auf einem Siegertreppchen zu stehen lag er in einem arg zerwühlten Bett, das die ganze Nacht von Hammerwürfen und Siegerehrungen beansprucht worden war.

Als Sebastian die Treppe in die Diele hinunterging, verblasste der Traum mit jedem Schritt ein bisschen mehr, und so kam er als müder Gymnasiast wieder in der Realität an.

Der Morgen im Hause Brandner lief ruhig und geregelt ab. Sebastians Vater las den Wirtschaftsteil der Zeitung wie jeden Morgen voll konzentriert, da er als Chef der örtlichen Sparkasse des Öfteren zu Gesprächen mit risikobehafteten Anlagen herbeigerufen wurde. Bis vor sechs Monaten suchten Sebastians Augen im Kulturteil nach interessanten Neuigkeiten. Seit seinem Wechsel zur Leichtathletik konzentrierte er sich ausschließlich auf den Sportteil. Marianne brauchte immer eine kleine Geschichte zum Wachwerden und so las sie den täglichen Kurzkrimi meist mit großem Interesse. Und dies wiederholte sich täglich von Montag bis Freitag.

◆ ◆ ◆

Lothar verließ als erster das Haus. Fünfzehn Minuten später ging Sebastian zur nahe gelegenen Schule. Der Schüler hatte einen Wandel bei sich festgestellt. War er früher eher der verspielte Typ, so veränderte sich sein Verhalten nach der Pubertät doch gewaltig. Sein Denken und auch sein Handeln waren kritischer geworden. Er verarbeitete die Welt um sich herum offensiv und war auf dem Gymnasium bei Diskussionen immer voll dabei.

Die Studentenunruhen von 1968 in Berlin und die daraus entstandene Gruppe um Andreas Baader und Ulrike Meinhof beschäftigten den Heranwachsenden emotional stark. Parallel zu den schlimmen Ereignissen der frühen Siebzigerjahre wurde das Thema „Deutsche Nachkriegszeit bis 1965" in Sebastians zwölfter Klasse ausführlich behandelt. Am Verhalten des Staates in der Zeit nach dem Krieg störten sich Sebastian und viele seiner Klassenkameraden massiv, und so war es nicht verwunderlich, dass viele junge Menschen, die auf eine höhere Schule gingen, die Aktionen bis zu diesem Zeitpunkt zwar durchaus als brutal einstuften, aber die Grundidee des Umbruchs geistig unterstützten.

In vielen kontroversen Diskussionsrunden wurde um das Für und Wider oftmals sehr laut und ausgiebig debattiert.

Es gefiel Sebastian gut, wenn er in einer Gruppe stand und aufgrund seines ständig steigenden Selbstbewusstseins den Schulfreunden gegenüber seine Meinung kundtun konnte.

Da diese Themen seine Gedankenwelt größtenteils beherrschten, kam die Liebe in der folgenden Zeit eindeutig zu kurz. Vor allem zum Leidwesen von Christina, der natürlich auch aufgefallen war, dass ihr toller Schulfreund neben seiner Persönlichkeit auch den ursprünglich eher zarten Körper im letzten Jahr recht gekonnt gestylt hatte.

Sie sehnte sich so sehr nach Sebastians Nähe und dem ersten Austausch von Gefühlen, genauso wie Tausende andere Mädchen und Jungen dieses Alters. Nur, zu dieser Zeit erkannte Sebastian die netten, schüchternen Anzeichen bei seiner gleichaltrigen Freundin noch nicht.

Der Winter verabschiedete sich so langsam und Sebastian freute sich schon riesig auf das erste Hammerwurftraining im Freien. Dieses wochenlange "Nicht-werfen-können" belastete ihn zunehmend. Er brauchte schnell eine Bestätigung seiner Leistung. Normalerweise konnte er durchaus zufrieden sein, denn das Zauberbuch zeigte dem Betrachter nur das Beste.

Sebastians Körpergewicht erhöhte sich um weitere fünf Kilogramm Muskelmasse. Arme und Beine nahmen im Umfang um gut zehn Zentimeter zu. Und wenn man weitergeblättert hätte, man wäre nie auf einen Wert gestoßen, der nicht Anlass zur Hoffnung gegeben hätte. Auch die drei weiteren Lehrgänge beim Bayerischen Leichtathletikverband absolvierte er zum Wohlwollen des

Verbandstrainers. Kurz gesagt: Es musste nun endlich losgehen mit dem Hammerwurftraining auf dem Sportgelände in Gerching. Franz erkannte bei seinem Schützling auch eine Veränderung. Sebastian hinterfragte beim Krafttraining mehrmals Franz' Anweisungen, um selbst verstehen zu können, warum er die Übung gerade so und nicht anders machen musste.

Auf der einen Seite ist er reifer geworden, sinnierte Franz, aber wenn er jetzt alles von mir infrage stellt, dann könnte das ein schwieriges Jahr werden.

Das Training im Freien war nun nach dem Winter wesentlich umfangreicher geworden. Sprungläufe, Sprints, Skippings und vor allem Drills und noch einmal Drills. An diese Art von Training musste sich Sebastian erst noch gewöhnen.

Und endlich war der erste Trainingstag gekommen, bei dem Sebastian das erste Mal nach einem halben Jahr seinen Hammer wieder durch die Lüfte schleudern durfte. Franz hatte für die neue Saison drei neue Übungshämmer besorgt. Verschiedene etablierte Trainer hatten nach langjährig angelegten Studien festgestellt, dass ein Trainingseffekt am besten mit drei aufeinanderfolgenden Würfen erzielt werden konnte. Franz deckte sich mit der gesamten Literatur, die zum Thema Hammerwurf auf dem Markt war, ein, um auf keinen Fall den Anschluss zu verlieren. Nächtelang las er die mittlerweile in großen Mengen bei ihm zu Hause liegenden Unterlagen rauf und runter, um genau die Trainingsschritte umzusetzen, die seinen Schützling am weitesten bringen konnten.

Das Training wurde auch inhaltlich vollkommen neu gestaltet. Zudem schickte Franz Sebastian zweimal pro Woche zur Physiotherapie, um die Muskulatur geschmeidig zu halten. Selbst das normale Aufwärmprogramm gestaltete sich nun wesentlich umfangreicher als noch vor einem Jahr. Zählte man die einzelnen Trainingsschritte zusammen, kamen pro Übungsnachmittag über neunzig Minuten zustande. Und genau sechs dieser Trainingseinheiten wollten die beiden pro Woche absolvieren.

Diesen Trainingskalender besprach Franz vor dem ersten Training mit seinem Athleten. Durch den übergroßen Wunsch, heute zum ersten Mal den Hammer wieder fliegen zu lassen, ignorierte Sebastian die doch enorm hohen Belastungen, die in der nächsten Zeit auf ihn zukommen sollten.

Sebastian und Franz hatten den ganzen Winter über in der Turnhalle drei Drehungen eingeübt. Da sie die Übungen aber alle ohne Hammer ausgeführt hatten, waren beide sehr gespannt, wie sich das Ganze im Freien umsetzen lassen würde. Da an dem nebeligen Apriltag kein weiterer Athlet auf dem Sportgelände war, konnten sie ihr "Unternehmen Erfolg" starten.

Nachdem Sebastian sein Aufwärmprogramm absolviert hatte, nahm Franz ihn noch einmal zur Seite und forderte weitere zwanzig Drehungen mit drei Wiederholungen und das Ganze noch einmal ohne Hammer. Nicht begeistert, aber der Situation angepasst, ließ Sebastian auch dies noch über sich ergehen. Nun war er bereit und sein Körper stand ebenso wie sein Geist unter Strom.

„Langsam, langsam, langsam und noch einmal langsam!" Mit diesen Worten bereitete Franz seinen mittlerweile fast nicht mehr zu bremsenden Athleten auf seine ersten Würfe vor. Achtundvierzig Meter sollten es schon werden, dachte Franz, bevor er Sebastian endlich das Okay für den ersten Versuch geben konnte. Sebastian hatte diesen Moment schon tausendmal in Gedanken durchgespielt und war sich aufgrund seiner hervorragenden Wahrnehmungsfähigkeit absolut sicher, dass es an diesem Tag klappen konnte.

Nun stand er da, schwang seinen Hammer, der ab diesem Jahr 6,25 Kilogramm wog, zwischen seinen Beinen durch und begann mit dem Beschleunigen des Wurfgerätes.

O Gott, dachte Franz, als er den übermotivierten Jungen nach der ersten Drehung im Ring landen sah.

Durch die viel zu große Anfangsbeschleunigung übernahm der Hammer nach der ersten Drehung das Kommando und bestrafte seinen Werfer mit den einfachsten physikalischen Grundgesetzen. Das hatte zur Folge, dass Sebastian kurz nach Beginn der dritten Drehung sein Wurfgerät nicht mehr halten konnte, es losließ und der Hammer daraufhin mit großer Wucht in das Fangnetz einschlug. Genau den gleichen Weg, nur um hundertachtzig Grad gedreht und mit nicht ganz so großer Wucht, etwas zeitversetzt, verfing Sebastian sich ebenfalls im Netz.

„Das hatten wir doch schon einmal", hörte Sebastian seinen Trainer rufen. Ein leicht ärgerlicher Unterton war dabei nicht zu überhören. „Langsam, langsam, langsam und dann noch Hacke-Ballen, Hacke-Ballen. Und nicht, schnell, schnell, noch schneller die Hacke, Hacke und noch einmal Hacke." Ein „Verdammt noch mal!" konnte Franz sich gerade noch verkneifen. Binnen Bruchteilen von Sekunden hatte sich ein topmotivierter Hammerwerfer in einen apathisch dreinschauenden, unsicheren jungen Mann verwandelt. Von dem Augenblick an übernahm wieder Franz das Kommando und Sebastian war zurück in der Rolle des Schülers.

„So, Sebastian Brandner, wir packen jetzt sofort unsere Sachen zusammen und verlassen das Sportgelände."

Auf dem Weg nach Hause, den beide zusammen gingen, wurde kein einziges Wort gesprochen. Bei der Abzweigung zu Franz Wagners Haus gab es nur ein kleinlautes „Servus" von Sebastian an seinen Coach.

„Morgen, gleicher Ort und gleiche Zeit", hörte Sebastian seinen Trainer noch sagen. Dem jungen Mann war die Verbitterung anzusehen. Den späten Nachmittag und Abend verbrachte er in seinem Zimmer mit dem Gefühl, ein Opfer von Franz' fragwürdigen Trainingsmethoden zu sein.

Nach einer unruhigen Nacht sah Sebastian die Welt schon wieder etwas positiver. Sein mit vielen Vitaminen und Eiweiß ergänztes Frühstück wurde wie jeden Morgen mit dem Lesen der Tageszeitung beendet.

An diesem Tag, dem 3. Mai 1971, lautete die Schlagzeile: „DDR: Walter Ulbricht tritt als erster Sekretär des Zentralkomitees der SED zurück. Sein Nachfolger wird Erich Honecker!"

Diese Schlagzeile provozierte im Hause Brandner eine Diskussion, in deren Verlauf sich die Äußerungen von

Marianne und ihrem Sohn am ehesten deckten. Lothar Brandner, der Pragmatiker im Hause, vertrat die konservative Linie in der Gemeinschaft. Er war geprägt von der Nachkriegszeit und durch seinen täglichen Umgang in der Bank mit zahlreichen Kunden und Geschäftspartnern mit ähnlichem Hintergrund. Lothar glaubte nicht mehr an eine Wiedervereinigung seines Vaterlandes und sah deshalb die DDR als eine der größten Bedrohungen für die BRD. Marianne und Sebastian, deren politische Ausrichtung eher Richtung links gingen, konnten sich durchaus vorstellen, einmal in einem wiedervereinigten Deutschland zu leben. Aufgrund dieser Kontroverse verlief der Morgen eher unharmonisch.

Den Schulrucksack über nur eine Schulter gehängt verließ der Filius als erster das Haus und schlenderte in Gedanken versunken zum Gymnasium.

Das Thema vom Regierungswechsel in der DDR war an diesem Tag auch Bestandteil einer Diskussion in der Klasse. Auch hier war erkennbar, dass sich viele junge Menschen von der doch sehr konservativen Regierung nicht ausreichend verstanden fühlten. Was die Verantwortlichen in der DDR nicht wissen konnten, war die Tatsache, dass diese Schlagzeile der Tageszeitung Sebastian Brandner von seinen sportlichen Problemen etwas ablenkte und er am späten Nachmittag dementsprechend locker zum Hammerwurftraining erscheinen konnte.

Nach einer kurzen Begrüßung begann Sebastian selbständig mit dem am Vortag erlernten Aufwärmprogramm.

Franz Wagner beobachtete seinen etwas in Ungnade gefallenen Schützling aus einigen Metern Entfernung.

Nach guten fünfzehn Minuten beendete Franz mit einer Handbewegung und einem sehr lauten "Es reicht!" Sebastians Vorbereitungsphase.

„Sebastian, bitte vergiss den gestrigen Tag und ruf das ab, was wir über Monate einstudiert haben. Vor allem beginn nicht ..."

„Coach, ich ..."

„Unterbrich mich bitte nicht", kam es schon etwas schroffer zurück. „Langsam, Langsam, langsam, und noch einmal langsam. Das ist dein Leitspruch in den nächsten Wochen. Heute beginnen wir im Ring wieder mit drei Drehungen, ohne aber zu werfen."

„Ohne zu werfen?", kam es postwendend zurück.

„Sebastian, du lässt nach der dritten Drehung den Hammer einfach los, sodass das Wurfgerät nach ein paar Metern wieder Bodenkontakt hat."

Etwas ungläubig betrat Sebastian den Hammerwurfring und hatte sich den langsamen Beginn seiner ersten Drehung fest vorgenommen. Mit dem Rücken zur Wurfrichtung stehend schwang der Hammer zwischen den in Hüftbreite stehenden Füßen hin und her. Beim dritten Pendel brachte Sebastian sein Wurfgerät wieder in eine Umlaufbahn. Die Bewegung war diesmal fließend, aber nicht zu schnell und so hatte der Athlet beim Auftakt keine Probleme, über die Hacke des linken Fußes die erste Drehung sauber einzuleiten. Franz verfolgte den Ablauf von außen und sah das, was sein Athlet spürte.

„Perfekt!", hörte Sebastian kurz nach dem Loslassen seines Hammers das Lob seines Trainers. Dieses „Perfekt", das kurz und prägnant, aber doch motivierend kam, sagte alles über Sebastians ersten Wurf aus.

Obwohl der Schützling von Franz Wagner den Hammer nach der dritten Drehung nur aus den Händen gleiten ließ, flog das imposante Wurfgerät über die Vierzig-Meter-Linie. Um das Gefühl der Drehung nicht zu verlieren, forderte Franz sofort den nächsten Versuch mit denselben Vorgaben.

„Langsam, langsam, langsam!" Diese Worte sagte Sebastian noch einmal kurz vor Beginn seines zweiten Versuchs zu sich. Auch der nächste Wurf gelang dem Gymnasiasten hervorragend, und ohne großes Dazutun schlug der Hammer nun sehr nahe an der Fünfzig-Meter-Linie ein.

Von nun an verlief das Training in der gewünschten Form. Alle weiteren Würfe, fünfzehn an der Zahl, flogen an diesem Trainingstag sehr weit. Franz ließ zur Überraschung seines wieder zu Atem gelangten Athleten die tollen Hammerwürfe aber nicht messen. Beide sahen jedoch vier Einschläge jenseits der Fünfzig-Meter-Linie.

Wir liegen im Soll, dachte Sebastians Trainer nach der geglückten Trainingseinheit. Wenn wir das nächstes Wochenende in Mainz bei der Bahneröffnung umsetzen können, dann ist Sebastian auf Augenhöhe mit den anderen Spitzenhammerwerfern der BRD.

Wichtig war nun, dem Ganzen in den nächsten Trainings noch mehr Sicherheit und Stabilität zu geben. Leichte Nebelschwaden lagen noch über den Gärten von Gerching, als Franz Wagner mit seinem neuen Porsche 911 kurz nach 5 Uhr vor dem Haus der Brandners hielt. Marianne hatte sich geopfert und ihrem Sohn das Frühstück zubereitet. Für die vierstündige Autofahrt gab sie den beiden noch Obst und Schokoriegel in einer Kunststoffbox mit.

Die schwer bepackte Sporttasche und der nagelneue blaue Wettkampfhammer, den Sebastian von seinem Vater zur Motivation geschenkt bekommen hatte, passten gerade noch in den roten Sportwagen. Mit einem Kuss auf die Wange und begleitet von den besten Wünschen für das gute Gelingen verabschiedeten sich Sebastian und Franz von Marianne und brausten mit zu hoher Geschwindigkeit durch den noch schlafenden Ort.

Nach fünf Minuten waren sie bereits auf der Autobahn Richtung München. Weiter ging es über Augsburg nach Stuttgart. Die letzte Etappe führte sie nach Mainz.

Das Sitzen in dem neuen Sportwagen und auch der Sound des mit viel zu vielen PS ausgestatteten Porsches machte beiden sehr viel Spaß. Franz hegte den Wunsch nach einem Sportwagen schon seit seiner Kindheit, konnte ihn aber erst jetzt im Alter von fünfzig Jahren verwirklichen.

Die kurzweilige Fahrt auf der Autobahn wurde noch mit dem neuesten Autoradiomodell musikalisch eindrucksvoll unterstützt. Creedence Clearwater Revival war die Lieblingsband der Hobbyrocker und so wurde die

Hinfahrt zu einem Erlebnis der besonderen Art. Wenn Franz bei Tempo zweihundert den Lautstärkenregler hochdrehte, ging die Post ab. Beide Insassen, die sich fast schon im Rauschzustand befanden, unterbrachen diesen musikalischen Teufelsritt nur, um einige Kleinigkeiten für den am Nachmittag beginnenden Wettkampf zu besprechen. Diese Redepausen wurden von Franz bewusst eingestreut, um seinem Schützling den Sachverhalt gerade in dieser besonderen Stimmungslage beizubringen.

Als weiteres Thema war das anstehende Vorabitur eine gute Abwechslung. Aus den geplanten vier Stunden Fahrtzeit wurden letztendlich nur drei. Auch die für Stuttgart geplante Pause wurde von beiden ignoriert, da sie sich nicht aus der Stimmung reißen lassen wollten.

Aufgrund der verkürzten Anfahrtszeit hatten die Sportwagenfans noch etwas Zeit, um sich ein paar Minuten ausruhen.

Der Stadtpark zeigte sich in seinem schönsten grünen Kleid, die Vögel gaben ein wunderbares Konzert zum Besten und so konnten die zwei sich ihre schweren Beine etwas vertreten.

Nach einem kleinen Imbiss, den sie auf einer Parkbank einnahmen, fuhren sie mit ihrem Prestigeobjekt genau vor dem Haupteingang des Stadions.

„Auch bei der Parkplatzsuche muss man zielstrebig und selbstbewusst auftreten", beruhigte Franz seinen leicht besorgt dreinblickenden Athleten.

Na ja, er wird es schon wissen, dachte Sebastian sich und versuchte, sich so gut wie möglich auf den Wettkampf vorzubereiten.

Aus dem Augenwinkel konnte er noch erkennen, dass der Parkplatzwächter sich des Porsches angenommen hatte und nun mit Franz in einen heftigen Dialog verwickelt war.

Macht nichts, sagte Sebastian sich und inspizierte das für ihn enorm groß wirkende Stadion.

Zu der Veranstaltung, die schon am Laufen war, gesellten sich immer mehr Zuschauer. Von Weitem beobachtete Sebastian das Speerwerfen der Frauen. Der weibliche Star war die ortsansässige deutsche Meisterin vom gastgebenden FSV Mainz, Andrea Keller. Ihr Speer flog an diesem Tag mit 60,48 Metern genau acht Meter weiter als die Speere ihrer Konkurrentinnen.

Sebastian hatte noch neunzig Minuten Zeit, um sich auf seinen Wettkampf vorzubereiten, und so machte er sich auf den Weg zu den Umkleideräumen.

Kurz vor dem Betreten hörte er ein „Hallo, Sebastian!". Er drehte sich um und erkannte Johannes Metzeler, seinen Konkurrenten vom letzten Wettkampf im Münchner Dantestadion. Nach ein paar Worten verabschiedeten sie sich voneinander und wünschten sich gegenseitig viel Erfolg. Genau eine Stunde vor Beginn des Hammerwerfens gingen Franz und Sebastian in den angrenzenden Stadtwald, um sich gezielt auf den Event vorzubereiten.

„Heute ist der Bundestrainer im Stadion! Und ihm ist sicher zu Ohren gekommen, dass du mit nur zwei Drehungen an die fünfzig Meter herangeworfen hast. Von der Leistungsstärke befindest du dich an sechster Stelle, wobei von vier bis acht jeder jeden schlagen kann.

Heute werden dich viele Augenpaare verfolgen, denn du bist neu in dieser Liga. Bitte versuch dich von der neuen Situation nicht ablenken zu lassen. Nimm diese Herausforderung an und versuch aus deiner Unbekümmertheit heraus für eine Überraschung zu sorgen.

Man wird auch versuchen, dich durch verschiedene Störfeuer aus der Ruhe zu bringen. Diese ignorieren zu können ist ab jetzt ein enorm wichtiger Bestandteil, um auch langfristig auf diesem Niveau Erfolg zu haben."

Franz Wagner redete noch weitere zehn Minuten auf seinen Schützling ein.

Zum ersten Mal erlebte Sebastian den Spruch, dass man die Spannung bis in die Zehenspitzen spürte, am eigenen Körper. Franz trug in der rechten Hand die große Sporttasche und unterstrich mit der linken seine Worte. Sebastian hatte nur den Hammer und seinen Wurfhandschuh bei sich, als sie von der Tribünenseite auf die herrliche Anlage hinunterschauten.

Die Hammerwurfanlage war bestens präpariert und mit Weitenkästchen an den Seiten ausgestattet. Allein die Tatsache, dass die Zahlen auf den kleinen Türmchen bei fünfzig begannen und erst bei siebzig endeten, ließ erahnen, dass heute nur Klassewerfer am Start waren.

Von hier oben schauen die fünfzig Meter gar nicht so weit aus, dachte sich Sebastian beim langsamen Hinunterlaufen zur Hammerwurfanlage.

Zwanzig Meter vor dem Eingang in den Innenbereich, den nur die Athleten betreten durften, übergab Franz seinem motivierten Athleten noch drei kleine Zettelchen.

Einen roten mit den Worten „Langsam, langsam, langsam!", einen blauen, auf dem „Beim Beginn der Drehung die richtige Position einnehmen!" zu lesen war, und einen grünen, auf dem stand: „Nicht kleiner werden!"

Des Weiteren vereinbarten die beiden noch drei Gesten, die auch noch aus größerer Entfernung zu erkennen sein würden.

Das Teilnehmerfeld war mit zwölf Athleten besetzt, aus denen sich nach dem dritten Durchgang die besten acht für das Finale qualifizieren würden. Das Einwerfen vor einem großen Hammerwurfwettbewerb hat seine eigenen Gesetze. Viele Athleten legen aufgrund schwacher Nerven viel zu viel Power in die Übungswürfe. Diese fehlt ihnen dann oftmals im eigentlichen Wettbewerb.

Aus diesem Grund hatten sich die zwei Bayern im Vorfeld eine ganz einfache Strategie zurechtgelegt. Nur zwei Versuche einwerfen, wobei der erste nur zur Erkundung der Beschaffenheit der Ringoberfläche diente. Der zweite Probewurf sollte nur mit sechzig Prozent geworfen werden.

Sebastians Gegner schleuderten wie wild ihre Hämmer in den wunderschönen sonnigen Himmel über Mainz. Kaum einer von ihnen konnte seinen Wurf halten, sodass er nach dem Wurf im Ring stehen bleiben konnte. Die geworfenen Weiten waren enorm.

Die Zuschauer, die von der gut besetzten Tribüne aus das Ereignis verfolgten, konnten in der Aufwärmphase sehen, dass sich einige Hämmer weit hinter der Sechzig-Meter-Linie in das Erdreich bohrten. Franz hatte sein Fernglas

aus der Tasche geholt und beobachtete seinen durch die Spannung leicht nervös umherhopsenden Zögling.
Hoffentlich hat er nicht zu großen Respekt, dachte er, als er die Weiten der Konkurrenten sah.
Endlich war Sebastian an der Reihe. Er hatte sich noch kurz vor seinem ersten Probewurf die bunten Zettelchen zu Herzen genommen.
Gespannt verfolgte Franz Wagner den Ablauf seiner Vorgabe, nur ganz locker den Ring anzutesten, um ein Gefühl für die weiteren Würfe zu bekommen. Als der Hammer von Sebastian bei dreißig Metern einschlug, entfuhr Franz spontan ein „Mensch Junge, klasse gemacht!".
Sein Schützling, der im großen Stadion stand, hatte eine ganz andere Einschätzung seines Wurfes. Ihm war es eher peinlich, so einen kurzen Wurf abgeliefert zu haben. Und in der Tat, Sebastians Wurf war mit Abstand der kürzeste der ganzen Aufwärmphase. Diese Peinlichkeit und die Anspannung, die immer noch in ihm steckte, wollte er in seinem letzten Wurf vor dem Beginn des eigentlichen Wettkampfes vergessen machen und auch allen Umstehenden zeigen, dass er doch mehr konnte. Genau das vermutete Sebastians Trainer, und deshalb gab er einem der Kampfrichter einen Zettel in die Hand mit der Bitte, diesen seinem Athleten zu übergeben.
Franz hatte die Hoffnung, dass der Zettel seinen Schützling noch vor dem nächsten Versuch erreichte. Erleichtert sah er die Übergabe des Zettels.
„Sebastian, das war super; und lass dich nicht verführen, den zweiten Versuch schon voll zu gestalten. Bitte, bitte,

nur sechzig Prozent!" Diese Worte las Sebastian sehr intensiv und stand jetzt vor einer schwierigen Entscheidung. In seinem tiefsten Inneren wollte er zeigen, was er draufhatte. Denn die Blicke seiner Mitstreiter und die Kommentare der Reporter taten ein Übriges. Für Sebastian war es enorm schwierig, dieser emotionalen Bobbahn zu entrinnen.

„Was tun, Sebastian Brandner?", sprach er leise zu sich.

Ein Athlet war noch vor ihm an der Reihe, bis Sebastian mit seinem zweiten Probewurf dran war. Die innere Stimme versuchte den Zettel von Franz zu verdrängen und forderte nach wie vor von Sebastian einen starken Wurf in diesem Durchgang.

Die Vernunft versuchte den Hinweis von Sebastians Trainer als sehr wichtig anzusehen und sich nicht von der inneren Stimme verführen zu lassen. Für und Wider kämpften heftig miteinander. Mitten in der inneren Auseinandersetzung hörte Sebastian den Kampfrichter seinen Namen sagen.

Die Vernunft reagierte schneller und ließ Sebastian antworten: „Ich verzichte!"

Kaum hatte er das ausgesprochen, ging es in seinem Inneren wieder sehr turbulent zu.

„Was sage ich denn da für einen Blödsinn?", fragte er sich leise direkt nach seiner spontanen Aussage gegenüber dem Kampfrichter.

Franz überlegte kurz, als er sah, dass Sebastian auf den zweiten Probedurchgang verzichtete und dachte, dass sein Schützling ein ganz schön cooler Typ sei.

Sebastians innere Diskussion war noch im vollen Gange und nur sehr langsam fanden sich beide Stimmen mit der neuen Situation ab.

Sebastian Brandner hatte das Glück, als zehnter an der Reihe zu sein.

Diese Tatsache gab ihm jetzt noch einige Minuten Zeit, um seine Gedanken wieder zu ordnen. Hilfreich in der Situation erwiesen sich die bunten Zettelchen und auch der entscheidende Hinweis, sein Pulver nicht schon im Probedurchgang zu verschießen.

Seine Gabe, sich einer neuen Situation gegenüber aufgeschlossen zu verhalten, begünstigte die Situation von Minute zu Minute.

Die Ansage der ersten Messungen erreichte Sebastians Ohr und er war nicht überrascht, hohe Weitenangaben im Fünfzig-Meter-Bereich zu vernehmen.

Durch das mehrmalige Lesen seiner Spickzettel beruhigte sich sein Inneres, was auch nötig war, um eine gute Leistung zu erzielen.

Im gleichen Maße, wie sich sein Puls normalisierte, stieg seine Spannung an. Genau diese war wie eine Wanderung auf einem schmalen Grat. Eine falsche Bewegung, und alles wäre wieder für die Katz. Der Pulsschlag stieg bei Franz Wagner, der auf der Tribüne stand, sehr viel schneller an als bei Sebastian, als dieser nun den Ring betrat. Franz sah Sebastian bei seinem ersten großen Wettkampf fest entschlossen auftreten. Was er nicht sehen konnte, war die enorme innere Anspannung, die Sebastian fast erdrückte, als er seinen Versuch mit dem Pendeln des Hammers einleitete.

Doch harmonisch fand Sebastian den Übergang zum Schwingen des Hammers, indem er die Hüfte beim Impulsgeben durch die linke Ferse immer leicht vorauslaufen ließ. Die Landung mit dem rechten Bein in der Ringmitte nach der ersten Drehung war perfekt.
Auch der Hammer hatte seine ideale Umlaufbahn gefunden, und so zog Sebastian das Wurfgerät wunderbar nach oben, um mit dem Schwung die zweite Drehung ohne Geschwindigkeitsverlust weiterzuführen. Sebastians Beine zauberten eine zweite exakte Drehung in den Ring.
Hoffentlich fällt ihm der Hammer bei der letzten Drehung nicht zu weit nach unten, bangte Franz.
Sebastian Brandner funktionierte aber an dem Tag wie ein Schweizer Uhrwerk und brachte auch seine dritte Drehung perfekt zu Ende. Aus einer optimalen Schrittstellung heraus schleuderte sein Körper das 6,25 Kilogramm schwere Wurfgerät mit einer gewaltigen Wucht in den Mainzer Frühlingshimmel. Dieses einmalige Gefühl, das der Hammer bei Sebastians Wurf hinterlassen hatte, erzeugte in ihm noch einen Urschrei, der das Wurfgerät so lange begleitete, bis es sich kurz hinter der Sechzig-Meter-Linie in den Rasen bohrte.
Nach dem Verlassen des Ringes wurde vom Kampfrichter die weiße Fahne gehoben, die den Versuch gültig machte.
„Was war denn das?", fragte sich Sebastian leise, als er aus dem Hammerwurfkäfig wieder auf die Bank zuging, auf der vor kurzer Zeit noch seine Konkurrenten gesessen hatten.

Sie waren alle aufgesprungen und liefen ihm mit einem lauten Hallo entgegen. Noch bevor der erste Versuch von Sebastian gemessen wurde, war allen Beteiligten klar, dass sich hier soeben etwas Großes ereignet hatte.

Franz sah im Stadion hinter dem Hammerwurfring eine riesige Menschentraube, in deren Mitte sein „cooler Typ" fast erdrückt wurde.

Er selbst war ganz außer sich und erzählte jedem Zuschauer auf der Tribüne, dass er Sebastians Trainer sei, obwohl ihn keiner der mittlerweile zahlreich erschienenen Zuschauer danach gefragt hatte.

Es dauerte geraume Zeit, bis sich Franz wieder beruhigen konnte, bevor er mit großer Freude die Zahl 61,88 Meter auf der Anzeigentafel am Hammerwurfring lesen konnte. Sebastian selbst registrierte seinen Superwurf noch gar nicht so richtig. Sein Interesse galt vielmehr der Platzierung, und als er nach der Weite die Zahl zwei sehen konnte, war er mehr als zufrieden.

Nach dem ersten Durchgang ergab sich folgende Reihenfolge im Klassement:

Erster mit 64,20 Metern war der deutsche Rekordhalter Bernhard Spengler von AS Pirin. An zweiter Stelle stand Sebastian Brandner vom VFL Gerching mit 61,88 Metern vor Johannes Metzeler vom VFB Stuttgart mit 60,12 Metern. Obwohl der zweite Durchgang bereits begonnen hatte, versammelte sich die mittlerweile große Medienschar nun um Sebastian Brandner. Nur durch das beherzte Eingreifen der Ordnungshüter konnte wieder Ruhe einkehren.

Was für die anderen nicht sichtbar war, war Sebastian Brandners Innenleben, bei dem die Konzentration dahin war. Obwohl Sebastian sich vom Hammerwurfring entfernte und mit leichtem Laufen diese Euphorie abschütteln wollte, gelang es ihm nicht mehr, sich zu sammeln.

Daher fasste er den Entschluss, sich beim Kampfgericht vom Wettkampf abzumelden. Franz Wagner, der immer noch außer Rand und Band war, hätte gern noch ein paar Würfe seines „coolen Typen" gesehen.

Er wird es schon wissen, dachte er und begab sich zu seinem gut aufgelegten Schützling. Sie drückten sich fast eine Minute lang, und jeder schilderte dabei dem anderen seine Eindrücke. Nach der überschwänglichen Begrüßung bot Franz seinem Schützling ganz spontan das Du an.

„Ich bin der Franz, und ab sofort möchte ich kein Herr Wagner mehr von dir hören!"

Auf diese Weise brachte er noch mehr Vertrauen in die sportliche Beziehung. Kurze Zeit später saßen beide auf der Haupttribüne und beobachteten das weitere Treiben auf dem Rasen. Selbst als Johannes Metzeler vom VFB Stuttgart im fünften Versuch auf 62,74 Meter kam und somit Sebastian vom zweiten Platz verdrängte, tat das der guten Stimmung keinen Abbruch.

Als die drei Erstplatzierten nach gut einer Stunde zur Siegerehrung aufgerufen wurden, war Sebastians innere Ruhe wiederhergestellt und so ging er mit stolzgeschwellter Brust neben den beiden Erstplatzierten zum Siegespodest.

Nach einer kurzen Fanfare hörte Sebastian Brandner den Stadionsprecher: „Dritter Platz mit einem neuen bayerischen Jugendrekord von 61,88 Metern ist Sebastian Brandner vom VFL Gerching. Herzlichen Glückwunsch!"
Des Weiteren fügte der Sprecher hinzu, dass Sebastian erst siebzehn Jahre alt war und somit nächstes Jahr auch noch die Berechtigung hätte, in der Jugend zu starten.
„Der zweite Platz geht an Johannes Metzeler vom VFB Stuttgart mit der hervorragenden Weite von 62,74 Metern. Und Sieger dieses Einladungswettkampfes ist Bernhard Spengler von AS Pirin mit der hervorragenden Weite von 64,20 Metern."
Nachdem jedem der drei eine Medaille überreicht worden war, verließen sie das Podest und verschwanden in den Katakomben des Stadions, um sich zu duschen und zu stylen.
Franz Wagner war jetzt von einigen Journalisten umgeben, die ihm viele Fragen stellten. In dieser Rolle fühlte er sich sehr wohl. Er konnte auch alle Fragen, die an ihn gerichtet wurden, zur vollsten Zufriedenheit der Reporter beantworten. Ob das natürlich auch immer der Wahrheit entsprach, das sei einmal dahingestellt.
Genau eine Stunde später saßen Franz und Sebastian bereits im Porsche und genossen die Heimfahrt. Die gut drei Stunden waren geprägt von emotionalen Gesprächen, in denen die beide weitere große Ziele besprachen. In dieser Stimmung waren die beiden Sportwageninsassen eigentlich unschlagbar. Die rege Fantasie von Sebastian und die große Erfahrung seines

Trainers ergänzten sich hervorragend. Das Radio lief in voller Lautstärke und beide sangen mit inbrünstiger Stimme jeden Song mit. Als dann noch der aktuelle Hit von Creedence Clearwater Revival aus den Boxen tönte, drehte Sebastian fast durch und war jetzt nicht mehr zu halten.

Wenig später verließen die zwei kurz vor 21 Uhr in München die Autobahn. Die nun auftauchende vertraute Umgebung holte sie in die Realität zurück und so hielt das Erfolgsduo Punkt 21 Uhr vor dem Hause Brandner.

Der Tag hatte einiges im Leben von Franz Wagner und Sebastian Brandner verändert. Da die Leistung über die Ticker aller großen Zeitungen gelaufen war, war die gesamte Fachpresse wachgerüttelt worden.

Das hatte zur Folge, dass sich die Presseleute aus dem Münchner Raum mit Sebastians Leistung befassten, aber auch überregional war Interesse vorhanden. Zwei große deutsche Sportartikelhersteller boten ihre Hilfe an. Beide wollten Sebastian Brandner von Kopf bis Fuß ausstatten. Auch der Sportartikelhersteller Berg meldete sich bei den beiden und wollte ihnen den neuesten Hammer, der auf dem Markt war, kostenlos zur Verfügung stellen.

Das nähere Umfeld erfuhr von Sebastians überdurchschnittlichen sportlichen Leistungen durch die regionale Presse. In der Vergangenheit wurden Artikel, die über Ergebnisse von Leichtathletikwettkämpfen des VFL Gerching berichteten, sehr klein und unpopulär platziert. Seit dem besagten Samstagnachmittag in Mainz war der Heimatteil des *Gerchinger Anzeigers* mindestens einmal in der Woche von einem Bericht aus der

Leichtathletik geprägt. Die Größe und auch die Platzierung hatten jetzt einen ganz anderen Stellenwert erreicht. Der daraus resultierende Bekanntheitsgrad von Sebastian entwickelte sich ähnlich. Nachbarn und Menschen aus dem Ort, die in der Vergangenheit kaum Notiz von ihm genommen hatten, waren jetzt sehr an ihm interessiert und sprachen den schlanken, hochgewachsenen Gymnasiasten spontan auf der Straße an.

Das Verhalten der Lehrer in der Schule ging in dieselbe Richtung. Da keiner von Sebastians Lehrern sich mit Hammerwerfen auskannte, ließen sie sich in dem Fall gern einmal von einem Schüler belehren. Vor allem Herr Pfeifer und Frau Stiller, der Mathe- und die Physiklehrerin von Sebastian, zeigten ein besonderes Interesse an der Sportart.

Typisch Lehrer, dachte Sebastian, als die beiden Pädagogen von ihm die Gewichte und Längen des Wurfgerätes erfragten, um diese Sportart in ihren Unterricht einbauen zu können.

Diese Eindrücke mussten aber auch verarbeitet werden und so war es nicht immer ganz leicht, die bisher guten schulischen Leistungen aufrechtzuerhalten. Marianne und Lothar Brandner sprachen daher mit ihrem „Überflieger" über die vier Fächer in der Schule, die er in knapp drei Wochen abwählen würde.

„Diese Noten stehen dann in deinem Abiturzeugnis", resümierte Lothar Brandner das Gespräch zwischen Sohn und Eltern.

Die daraus resultierende Unruhe und die Neuorganisation der Termine in Sebastians Freizeit brachten Franz in einen Gewissenskonflikt. Er, selbst Pädagoge, wusste genau, wie wichtig die Phase kurz vor dem Ablegen der Prüfungen für die weitere Zukunft des Schülers war. Auf der anderen Seite hatte er jetzt endlich ein Jahrhunderttalent, das er mit allen für ihn verfügbaren Mitteln fördern wollte.

Hier war nun Einfallsreichtum gefragt. Aus der kniffligen Situation ergab sich nach längeren Gesprächen zwischen Sebastian, dessen Eltern und Franz Wagner folgender Kompromiss: Bis zu den Prüfungen, die bis Mitte Juni abgeschlossen sein würden, wurde das Hammerwurftraining auf zweimal pro Woche reduziert. Die daraus resultierende Leistungsstagnation wurde in diesem Zeitraum von allen hingenommen.

„So, jetzt haben wir eine Basis geschaffen, mit der alle Beteiligten gut leben können", fasste Franz anschließend zusammen, bevor er das Haus der Brandners verließ und sofort den Trainingsplan für die nächsten vier Wochen anpasste.

◆ ◆ ◆

Christina litt am meisten unter den neuen Umständen. Die schon vor Sebastians rasantem sportlichem Aufstieg knapp bemessene Zeit wurde jetzt noch mehr eingeschränkt und an einen sehnlichst herbeigewünschten romantischen Abend mit ihrem Angebeteten war momentan nicht zu denken. Und so musste sie sich mit den flüchtigen Begegnungen in der Schule begnügen. Sebastians Augen und auch die Worte, die aus seinem begehrenswerten Mund kamen, ließen in ihr ein wunderbares Gefühl hochkommen.

Und so war das Leben der beiden Teenager noch nicht optimal, aber besonders die kleinen netten Äußerungen und spontanen Blickkontakte nährten die Hoffnung bei Christina, dass es später doch noch zum Happy End kommen könnte.

Sebastians Gedanken galten jetzt verstärkt seinen Schulfächern und so wurden seine Gedankengänge von Hacke-Ballen und dem lockeren Anschwingen des Hammers in binomische Formeln und Winkelfunktionen eines gewissen griechischen Philosophen gelenkt.

Der sportliche Erfolg hinterließ einen nachhaltig positiven Einfluss auf seine Art zu lernen. Jetzt genügte es ihm nicht mehr, eine gute Note zu schreiben, nein, jetzt wollte er auch in allen Fächern immer der Beste sein. Selbst das Französischbuch, das in der Vergangenheit eher als Dekoration in seinem Bücherregal gestanden hatte, wurde nun nicht mehr aus der Hand gelegt. In den andern Fächern verhielt es sich ähnlich.

Dieses neue Leistungsdenken ihres Sohnes beruhigte die Sorge, die bei Marianne und Lothar immer noch ein bisschen im Hinterkopf herumspukte, von Tag zu Tag.

Franz Wagner, der sich jetzt nur noch zweimal pro Woche mit Sebastian auf dem Sportplatz traf, bekam die Entwicklung des Gymnasiasten natürlich voll mit und so forderte der alte Trainerfuchs in dieser Phase von Sebastian keine neuen Elemente, um die Hammerwurftechnik zu verbessern. Im Gegenteil: Franz fuhr den Trainingsumfang auf die Hälfte zurück und nutzte die daraus entstandene Zeit, um über seinen Zustand und die in großer Menge vorhandenen Emotionen mit ihm zu diskutieren. Die daraus resultierenden Erkenntnisse sammelte Franz und so konnte er seinen Rohdiamanten, wie er Sebastian insgeheim nannte, noch besser auf die kommenden sportlichen Höhepunkte vorbereiten.

Die Gespräche hatten fast alle nur weltliche Themen. Von Politik über Weltwirtschaft bis hin zu religiösen Grundsatzfragen. Auch der momentan im Inland stattfindende Terrorismus der RAF beschäftigte den Heranwachsenden doch sehr. Gerade bei dem Thema hatten die beiden die größten inhaltlichen Differenzen. Sebastian Brandner unterstützte durchaus das Gedankengut der Gruppe, verurteilte aber aufs Schärfste dessen brutale Umsetzung.

Franz Wagner, vom Leben schon wesentlich mehr gezeichnet, war immer noch der Meinung, dass der Staat den konservativen Führungsstil durchaus weiterfahren sollte.

Da aber dieses Thema das einzige war, bei dem sich die zwei nicht einigen konnten, stand einer weiteren erfolgreichen Zukunft nichts im Wege.

In dieser Selbstfindungsphase reifte Sebastian Brandner zu einem aufgeschlossenen, selbstkritischen jungen Mann heran. Das bestätigten auch seine gut vorbereiteten Referate in den verschiedenen Fächern.

Das Hinterfragen seines eigenen Lebens, das sich in den letzten Monaten doch so geändert hatte, brachte ihn langsam aus seiner im letzten Jahr noch kindlichen Einstellung mit vielen Träumen und kuriosen Streichen in eine eher nüchterne Gemütslage. Die Entwicklung seiner Persönlichkeit, die sich doch in sehr kurzer Zeit vollzogen hatte, ließ ihn aber seine Fröhlichkeit und seinen Ideenreichtum weiter erhalten.

Bei Fragen seiner Eltern und Verwandten, welchen Studiengang er einmal später einschlagen wolle, hatte Sebastian in der Vergangenheit nie eine Antwort geben können. Das änderte sich jetzt. Seine Vorstellungen für sein weiteres Leben waren durch die momentane innenpolitische Problematik so beeinflusst, dass er sich immer intensiver für die Rechtswissenschaften interessierte.

Der Studiengang Jura wäre sicher auch ein Wunschstudium meiner Eltern, dachte Sebastian und konkretisierte das Ganze, indem er sich bereits Unterlagen von mehreren Universitäten zuschicken ließ.

Franz erkannte diese leichte Wandlung und gab Sebastian deshalb die Zeit, die er brauchte, um damit umgehen zu können. War er zu Beginn ihrer gemeinsamen Leidenschaft der absolute und dominante Trainer, der praktisch nie eine Gegenfrage von Sebastian zu hören bekam, so änderte sich das in den letzten Wochen doch zunehmend.

Die leichten Korrekturen, die an Sebastians Technik vernünftigerweise weiterbetrieben wurden, mussten jetzt im Vorfeld zuerst diskutiert werden, bevor sie dann in die Tat umgesetzt werden konnten.

Die Art des neu aufgebauten Trainings brachte sie in der Sache weiter, belastete aber Franz insofern, da er jetzt nicht einfach mal etwas Spontanes ausprobieren konnte, ohne Sebastian den Sinn darin zu erklären. Da für beide der Erfolg vor allem anderen stand, störte es letztlich keinen.

Die weiteren Aufbauwettkämpfe, die parallel zu Sebastians Vorabiturprüfungen absolviert worden waren, konnten sich allesamt sehen lassen. Mit 59,64 Metern und 60,98 Metern konnte Sebastian seine in Mainz vor Wochen erzielten 61,88 Meter durchaus bestätigen.

Diese guten Ergebnisse waren dem Bundestrainer zu Ohren gekommen, der Sebastian daraufhin spontan nach Pirin zu einem Lehrgang einlud. Franz Wagner war über die Nominierung seines Schützlings gar nicht so erfreut und so diskutierte er die eigentlich ehrenhafte Berufung intensiv mit Sebastian Brandner.

„Sebastian, du darfst bei dem LSV-Lehrgang auf gar keinen Fall dein komplettes Repertoire zeigen. Halt dich etwas zurück, mach alles, was man dir vorschreibt, aber kein Stück mehr! Hast du das verstanden?", appellierte Franz an Sebastian.

Sebastians Gesichtsausdruck sagte ihm sofort, dass diese etwas überraschende Ansage nicht gerade auf Begeisterung gestoßen war.

„Der Bundestrainer ist verantwortlich für den gesamten Hammerwurfbereich in der Bundesrepublik Deutschland. Daher sucht er nach Neuerungen bei Einzelnen, die er dann an alle anderen weitergibt. Und jetzt kommt das Entscheidende, Sebastian: Du bist ein besonderes Talent. Du hast aufgrund deiner natürlichen Begabung viele Besonderheiten in deiner Technik vereinbaren können, die keiner deiner Konkurrenten besitzt. Der Bundestrainer ist deshalb sehr daran interessiert, deine Fähigkeiten an allen anderen Hammerwerfern auszuprobieren. Das hat zur Folge, dass du deinen technischen Vorteil sehr schnell verlieren würdest. Sebastian, ist das bei dir angekommen? Du bist noch voll in der Entwicklung, dein Körpergewicht ist noch über zwanzig Kilogramm geringer als das deiner Konkurrenten und trotzdem wirfst du den Hammer nur unwesentlich weniger weit als deine Mitstreiter. Und warum das so ist, das sollte auch weiterhin unser Geheimnis bleiben!"
„Jetzt habe ich es verstanden", antwortete Sebastian.
Und so stieg er am nächsten Samstag gegen 5 Uhr morgens am Münchner Hauptbahnhof in den Eilzug, der von Wien kommend Richtung Amsterdam fuhr. Sebastians Ankunftsbahnhof war Köln, und von dort wurde er abgeholt, um dann später per Auto nach Pirin zu fahren. Mit dem Gefühl, die Prüfungen gut hinter sich gebracht zu haben und jetzt einem neuen Ziel entgegenzufahren, nahm er die Reise auf sich.
Wie angekündigt wartete ein älterer Herr mit einem LSV-Trainingsanzug auf dem Bahnsteig.

Der grau melierte Herr antwortete höflich und lächelte, als Sebastians ihn ansprach. Nach kurzer Fahrt, bei der sie den Rhein überquerten, hielt der blaue Ford P7 vor einem kleinen Hotel. Sebastians schwere Sporttasche wurde von dem Betreuer der LSV in die Lobby des Hotels getragen.

Sebastian, der in einigen Metern Abstand folgte, sah in einer Sitzgruppe am Rande der Bar einige junge Athleten, von denen er nur Bernhard Spengler von AS Pirin und Johannes Metzeler vom VFB Stuttgart kannte. Nach einer kurzen herzlichen Begrüßung gesellte sich der Neuankömmling zu den anderen. Der Bundestrainer Anton Ferber war noch nicht zugegen und so fachsimpelten die Jungs noch ein wenig.

Mit anfangs etwas schüchternen Fragen begann der Neuling sich dann aktiv am Gespräch der anderen zu beteiligen.

Das Eis war sehr schnell gebrochen, indem man das Thema Hammerwurf langsam zum Mittelpunkt der Unterhaltung machte. Sebastian konnte sich gut artikulieren und so kam der Respekt der anderen ganz von allein.

Gerade als einer von Sebastians Mitstreitern eine lustige Geschichte aus seinem Leben zum Besten gab, wurde das Gemurmel etwas leiser und Bernhard stupste Sebastian am Knie, deutete mit dem Finger auf einen großen gepflegten Herrn und sagte: „Endlich kommt ja der Alte."

Er meinte den Bundestrainer. Wie auf Kommando standen alle jungen Männer auf und begrüßten ihren

Boss. Der hielt bei jedem kurz inne, sagte ein paar persönliche Worte, bevor er sich um den nächsten kümmerte.

„Du bist also der Wunderknabe aus Bayern, herzlich willkommen bei uns. Ich denke, du wirst dich bei uns schon zurechtfinden, es sind ja alles nette Jungs", sprach er und bevor Sebastian etwas antworten konnte, hatte er sich schon dem nächsten Nachwuchsathleten zugewendet.

Nach dem ersten Kennenlernen wechselten die jungen Athleten in den Speiseraum, in dem bereits alles für das Mittagessen vorbereitet war. Sebastian bemerkte, dass sich im Verlauf des Essens einige Augenpaare auf ihn richteten.

Er selbst ließ das Ganze erst einmal auf sich wirken und genoss den üppigen Mittagstisch: Salat, anschließend eine Suppe, als Hauptgericht eine Fleischpfanne mit Gemüse und Kroketten. Abgerundet wurde das Menü durch Vanilleeis mit heißen Himbeeren.

Nach dem Essen wurden die Zimmer aufgeteilt. Da alle anderen Mitstreiter bereits die komplette LSV-Schule durchlaufen hatten, stand die Verteilung der Zimmer schon fest. Sechs der acht eingeladenen Hammerwerfer wurden bereits das fünfte Jahr im LSV-Kader der Hammerwerfer betreut. Neben Sebastian wollte der Bundestrainer sich noch Valentin Eilts vom TSV Lübeck ansehen und so war klar, dass sich Sebastian und Valentin ein Zimmer teilen würden.

Bevor das eigentliche Training um 16 Uhr begann, war noch eine Stunde Bettruhe angeordnet. Diese Zeit nutzten die beiden Werfer, um sich ein bisschen besser kennenzulernen. Und so war es für Sebastian sehr interessant, wie man das Abi in Schleswig-Holstein ablegte. Valentin war ein Jahr älter und schloss in diesem Jahr seine Schulausbildung mit dem Abitur ab.

Nach einer Weile, die sie auf dem Rücken liegend im Bett verbracht hatten, fragte Valentin seinen Zimmermitbewohner nach anabolen leistungsfördernden Mitteln. Er sprach das Thema mit einer Normalität an, als ob der Umgang mit den Pillen das Normalste auf der Welt wäre. Hier hatte er Sebastian auf dem falschen Fuß erwischt. Das Thema Doping kannte Sebastian nur aus diversen Diskussionsrunden, an denen er sich im Unterricht auf dem Gymnasium beteiligt hatte.

Die Frage brachte den bayerischen Hammerwurfrekordhalter etwas durcheinander. Auf der einen Seite wollte er natürlich cool sein und auf jede Frage die richtige Antwort geben. Das Thema, das weder im Hause Brandner noch im Verein jemals angesprochen worden war, ließ sein Gesicht erröten und seine Hände leicht feucht werden.

„Ich brauche das Zeug noch nicht", erwiderte Sebastian etwas kleinlaut und stellte geschickt sofort eine Gegenfrage, mit der er sich etwas Luft verschaffen konnte.

Gott sei Dank klopfte zeitgleich der Bundestrainer an die Zimmertür, um die beiden zum Training zu bewegen.

Nach kurzer Zeit standen die acht umgezogen und mit ihren Sporttaschen bereit, um mit dem LSV-Bus ins Stadion zu fahren. In der ganzen Zeit beschäftigte

Sebastian die Frage seines Zimmerkollegen nach der chemischen Unterstützung für seine Trainingseinheiten.

Selbst als sich der deutsche Nachwuchskader bereits auf der Hammerwurfanlage warmgelaufen hatte, war seine innere Stimme noch sehr aufgebracht und so wirkte der Neuling anfangs sehr unkonzentriert und leicht abwesend. Der Zustand änderte sich erst, als der Bundestrainer Anton Ferber ihn direkt ansprach und ihn zur Seite nahm. Herr Ferber, wie er von seinen Kadermitgliedern angesprochen wurde, versuchte im persönlichen Gespräch, sich ein Bild von dem Neuankömmling zu machen.

Von der Trainingsintensität bis zur Methodik, von der Ernährung bis zu den Schulnoten diskutierten die beiden alles. Sebastian hielt sich an die Vorgaben, die ihm sein Trainer mit auf den Weg gegeben hatte und antwortete meist kurz und höflich. Als sie bereits eine Runde im Stadion gegangen waren, lenkte der Bundestrainer das Gespräch noch einmal auf das Thema Ernährung.

Auf die konkrete Frage nach seinem täglichen Verzehr beschrieb Sebastian ganz spontan seinen täglichen Essensplan, der sich nur durch ein paar zusätzliche Milch- und Quarkspeisen von dem eines „Normalsterblichen" unterschied.

„Und du nimmst keine Schoko-Pops?", hakte der Bundestrainer nach.

„Was für Schoko-Pops?", erwiderte Sebastian etwas verwirrt.

Zum besseren Verständnis muss gesagt werden, dass das in den Siebzigerjahren ein Insiderbegriff für Anabolika war.

Dieser ungläubige Blick mit den weit aufgerissenen Augen signalisierten Anton Ferber, dass der Junge tatsächlich noch nichts mit Doping zu tun gehabt hatte.

„So, jetzt gehen wir wieder zu den anderen, bevor du auskühlst."

Mit dieser Aufforderung beendete der Bundestrainer das Gespräch, das nicht nur bei ihm einige Fragen offengelassen hatte. Sebastian beteiligte sich wieder am Gruppentraining und versuchte die ihm vorgegebenen Übungen so gut wie möglich zu wiederholen. Sein Körper funktionierte gut, ohne von seinem aufgewühlten Inneren beeinträchtigt zu werden. Er kam beim Training etwas zur Ruhe.

Zuerst die Frage von Valentin im Hotelzimmer und jetzt noch das sehr zweideutige Gespräch mit dem Bundestrainer. Das Thema Doping wurde in den Zeitungen als sehr gefährlich und unsportlich dargestellt. Diese Grundeinstellung hatte der junge Hammerwerfer aus Bayern in seinem Inneren verankert und ihm wäre wohl nie von sich aus in den Sinn gekommen, sich dieser gefährlichen Substanz in irgendeiner Form zu nähern. Und jetzt das. Sein neues Umfeld, das er im Vorfeld als etwas Wunderbares angesehen hatte, missbrauchte im kollektiven Stil den Sport auf das Schlimmste.

Das Training wurde nach zwei Stunden beendet und da an diesem Tag nur die allgemeine Körperertüchtigung auf dem Programm stand, konnte Sebastian seine Enttäuschung gut verbergen.

Er war aber entschlossen, der Sache auf den Grund zu gehen. Und so überlegte er sich eine Strategie, wie er seine Vermutungen entweder bestätigen oder entkräften konnte. Bei den Lehrgängen der Hammerwerfer war es am Abend ganz normal, dass man einen Kneipenbummel unternahm, bei dem auch einmal ein Bierchen zu viel getrunken wurde. Und genau das wollte Sebastian ausnutzen, um an die für ihn brisanten Informationen zu gelangen.

Das erneut sehr üppige Abendessen wurde an einem großen Tisch gemeinsam eingenommen. Die Themen lagen hier mehr im privaten Bereich und so stellte sich bei Sebastian wieder etwas Ruhe ein. Nach außen hin gab er sich ganz locker, und so war er ein beliebter Gesprächspartner in der Runde, der sehr viele Fragen über sich ergehen lassen musste.

Als die Neugier so langsam befriedigt war, trieb Sebastian seine kraftvollen Werferkollegen an, mit ihm um die Häuser zu ziehen.

Bei den Tischgesprächen hatte Sebastian erfahren, dass der Kräuterlikör Jägermeister der große Renner bei den Jungs war. Sebastians Strategie sah folgendermaßen aus: Da er der Neue war, wollte er natürlich seinen Einstand geben. Das sah dann so aus, dass er mit dem Kellner des Lokals im Vorfeld eine Vereinbarung traf, indem er vorab vier Runden Jägermeister bestellte und diese auch gleich bezahlte. Das Besondere daran war, dass Sebastians

Gläschen nicht mit dem Kräuterlikör gefüllt wurde, sondern mit Cola.

Farblich ähneln sich die beiden Getränke sehr, nur in der Wirkung, so hoffte Sebastian, würde sich der kleine Unterschied schon bemerkbar machen. Er hatte recht! Nachdem die Jungs neben mehreren Bieren die vier Runden Schnaps freudig runtergekippt hatten, wurden die Zungen der Sportkameraden immer loser.

Sebastian, der neben dem Cola auch die Biere ohne Alkohol getrunken hatte, begann nun mit seinen „Vernehmungen". Sie machten ihm es aber auch nicht gerade schwer. Kaum hatte Sebastian den Begriff Schoko-Pops in die Runde geworfen, fingen die „schweren Jungs" an zu sprechen und wollten gar nicht mehr aufhören. Und je länger das Prahlen der Heranwachsenden dauerte, desto mehr brach für Sebastian eine Welt zusammen.

„Die Deutsche Athletenhilfe eignet sich wunderbar zur Beschaffung von Anabolika, und sie werden auch als Ernährungszuschuss offiziell erstattet. Dass die Gründer sich darunter etwas anderes vorgestellt haben, ist doch klar", ergänzte Bernhard mit einem hämischen Lächeln.

Sebastians Einwand, dass dies ein Missbrauch sei, ignorierten alle anderen, indem sie ihn am Arm nahmen und noch einmal an die Theke schleppten, um noch einen letzten Absacker zu trinken. Jeder seiner Mitstreiter prahlte am Tresen mit seiner eigenen Geschichte, und jeder versuchte den anderen mit überzogenen Einnahmen zu toppen. Die vom Arzt vorgeschriebene Menge wurde von allen um ein Vielfaches überschritten und hätte ausgereicht, um einen Elefanten aus der Spur zu werfen.

Wie Sebastian im Verlauf des Saufgelages feststellen konnte, waren drei verschiedene Mittel im Umlauf. Alle Mittel wurden an seinen Kaderfreunden ausprobiert und je nach Eignung letztlich von einem alten Professor verschrieben. Die Kosten des offiziellen Ernährungszuschusses der Deutschen Athletenhilfe deckten nur zum Teil die der Medikamente. Oft wurde von den Eltern der Sportler noch ein ordentlicher Zuschuss gegeben.

Der Gedanke, dass die Deutsche Athletenhilfe sich an dieser Praxis beteiligte, brachte Sebastians inneres Gleichgewicht ins Wanken. Ihm war klar, dass der Ursprung des Ernährungszuschusses nicht für das Erwerben von illegalen Mitteln gedacht war, sorgte sich aber nun sehr, dass der Missbrauch als ganz normal wahrgenommen wurde.

Als weiterer Zuschuss der Deutschen Athletenhilfe wurde noch ein Fahrtzuschuss gewährt, den die Athleten für ihre Fahrten zum Training und zu größeren Wettkämpfen erhielten.

Wenn man diese Gelder noch als Spesen ansähe, um den Professor bei den regelmäßigen sportärztlichen Untersuchungen zu treffen, dann förderten selbst diese noch den Erwerb von Anabolika. So stand er mitten in der Gruppe und leerte zum wiederholten Male sein „Tarngetränk" und konnte sich nur noch wundern.

Nachdem er sich die tollen Geschichten geraume Zeit angehört hatte, verließ er die Gruppe und fuhr mit dem Taxi ins Hotel. Die Erkenntnis, sich hier mit Betrügern und Manipulatoren zu messen, traf ihn völlig unvorbereitet.

In der kurzen noch verbleibenden Nacht versuchte Sebastian dieses neue Wissen zu verarbeiten, damit er am nächsten Tag ohne großes Aufsehen das Training weiter bestreiten konnte.

Als sein Zimmerkollege Valentin gegen 5 Uhr früh, gestützt von seinen Mitstreitern, ins Bett gebracht wurde, war Sebastian innerlich so gefestigt, dass ihm nichts anzumerken war. Da sich der komplette Lehrgang über Gebühr besoffen hatte, war sich Sebastian sicher, am nächsten Morgen nicht mit Fragen über den gestrigen Abend konfrontiert zu werden.

Und so war es dann auch im Frühstücksraum des Hotels. Acht blasse, wenig gesprächige, durchtrainierte Nachwuchs Athleten der LSV stocherten unmotiviert in ihren Tellern herum. Der Bundestrainer Anton Ferber, der in Pirin wohnhaft war, empfing den Kader erst um 10 Uhr im Stadion. So blieb ihm der Anblick seiner übernächtigten und noch leicht alkoholisierten Talente verwehrt. Als der Bus mit den Athleten am Stadion eintraf, waren die Jungs wieder einigermaßen in der Spur.

Die Dehn- und Laufübungen fielen den Hammerwerfern an diesem Morgen erwartungsgemäß besonders schwer. Da an diesem Tag ein Hammerwurftraining auf dem Trainingsplan stand, war Sebastian sehr gespannt, wie seine trinkfreudigen Mitstreiter diese Übung überstehen würden. Bereits bei den ersten Vorübungen ohne

Hammer sahen er und der Bundestrainer einige außergewöhnliche Kabinettstückchen.

Normalerweise müsste der Bundestrainer das Training sofort abbrechen, dachte Sebastian, als er seine Kollegen sah. Aber gut, ich bin heute das erste Mal dabei und werde mir deshalb keine großen Gedanken mehr dazu machen.

Seine Übungen zog er mit einer überragenden Vorstellung voll durch, dass sogar der Bundestrainer ins Schwärmen geriet und ihn immer mehr in sein Hammerwurfherz schloss.

Der weitere Verlauf und das Abschlussgespräch am Nachmittag beschlossen Sebastians ersten Lehrgang beim LSV. Mit so viel Freude und Hoffnungen war er angereist, und mit einer knallharten Ernüchterung trat er jetzt den sechsstündigen Heimweg an. Die Zugfahrt tat ihm gut, da er in den ersten zwei Stunden allein im Abteil saß und das Wochenende noch einmal verarbeiten konnte. In Heidelberg fragte ihn eine hübsche Frau mit langen blonden Haaren, ob sie sich noch in das Abteil setzen dürfe.

„Aber bitte", antwortete er und half ihr anschließend beim Verstauen ihres schweren Koffers. Kurze Zeit später kamen die beiden ins Gespräch.

Nach dem ersten leicht distanzierten Beschnuppern wurden die Fragen immer persönlicher und so entwickelte sich bereits nach kurzer Zeit ein sehr lockeres Gespräch. Beide hatten an dem Wochenende, jeder für sich, eine große Enttäuschung erlebt und waren sehr froh, jetzt einen Menschen gefunden zu haben, dem es ähnlich ging.

Der verständnisvolle Umgang, der sich bei ihnen entwickelte, ließ sie gegenseitig immer weitere Türchen zu ihrem Seelenleben öffnen.

Dieses Erzählen und Zuhören versetzte die Reisenden in eine emotionale Stimmung, die es ihnen erlaubte, keine Tabus voreinander zu haben.

Das Gespräch mit der wildfremden jungen Frau, die von ihrem großen Trennungsschmerz komplett erzählte, ging ihm auf einmal so nah.

Komisch, dachte er. Sie hat ein Wesen wie ein Engel und obwohl wir uns gar nicht kennen, ist sie mir so vertraut.

Als sie sich gegenseitig ihre Erlebnisse erzählt und sich schon etwas länger in die Augen gesehen hatten, fragte die junge Frau:

„Mensch Junge, wie heißt du denn eigentlich?"

Sie musste dabei ein bisschen grinsen, denn die Frage hätte in ihrer Situation schon viel früher kommen müssen.

„Sebastian Brandner."

„Mein Name ist Annette Maus, ich bin achtundzwanzig Jahre alt und komme aus Hamburg", erwiderte sie, ohne dass Sebastian sie danach gefragt hätte. „Meinen Familienstand habe ich dir ja gerade sehr ausführlich erläutert." Annette hatte den Satz noch nicht ganz beendet, als ein schallendes Lachen aus Sebastian herausplatzte.

„Wie ist dein Name bitte?"

„Annette Maus. Warum lachst du?"

Sebastian konnte vor lauter Lachen noch nichts sagen, da ihm die Luft dazu fehlte. Aber er riss sich zusammen und antwortete ihr immer noch leicht verschmitzt: „Bei uns in Bayern sagt man zu einem netten Mädchen ‚a nette Maus'.
Für Frauen aus Hamburg übersetzt: Eine nette Maus!"
Annette konterte blitzschnell und stellte gespielt vorwurfsvoll die Gegenfrage: „Stimmt das etwa bei mir nicht?"
Jetzt saß Sebastian auf der Leitung und brauchte einige Sekunden, um auf die Schlagfertigkeit zu reagieren. Und als ob dies ein Signal gewesen wäre, fielen sich die beiden in die Arme und küssten sich sehr hingebungsvoll und leidenschaftlich.
Dabei vergaßen sie alles um sich herum und erlebten eine spontane intensive und vor allem leidenschaftliche kurze „Beziehung" bei über hundert Stundenkilometern.
Sebastian hatte bisher nur kleine schüchterne Affären in seiner pubertären Gefühlswelt erleben dürfen.
Der gegenseitige „Überfall" im Abteil, in dem sie die einzigen Reisenden waren, wurde jetzt von zwei gekränkten Seelen in eine Hochstimmung umgewandelt, die es den beiden erlaubte, ihre Gefühle auszuleben.
Annette, die gut zehn Jahre älter war als Sebastian und auch sehr erfahren im Umgang mit dem anderen Geschlecht, zeigte Sebastian all das, was der Junge für lange Zeit als emotionalen Blitzeinschlag fühlte und sicherlich nicht so schnell vergessen würde. Völlig nass geschwitzt und nur halb bekleidet ließen die zwei nach einer unbestimmten Zeit voneinander ab. Vor dem Abteil

stand ein alter kleiner Mann mit Hut, der das wilde Treiben im Abteil wohl schon eine Weile beobachtet hatte. Sein verschmitztes Grinsen ließ erkennen, dass seine Gedanken wohl in die Vergangenheit abgedriftet waren. Ohne ein Wort zu sagen ging er weiter, um wenig später in Stuttgart auszusteigen. Annette und Sebastian lagen jeder für sich und vollkommen erschöpft in ihren hochgeklappten Sitzen, um sich von der kleinen Orgie zu erholen.
„In Kürze fahren wir in den Stuttgarter Hauptbahnhof ein. Reisende haben Anschluss."
Als Annette die Worte aus dem Lautsprecher vernahm, schreckte sie hoch.
„O Gott, ich muss ja aussteigen!"
Ihre schnellen Hände sammelten die in alle Richtungen verteilten Socken, Slip und auch ihre Bluse ein, um noch rechtzeitig den Zug in Stuttgart verlassen zu können. Sebastian war noch mit seinen Gefühlen unterwegs und registrierte das leicht hektische Treiben seiner Gespielin nicht bewusst.
Erst als sie ihre Sachen wieder am Leib hatte und mit ihrem Koffer das Abteil verließ, kehrte Sebastian wieder in die Realität zurück.
„Wohin gehst du?", rief der junge Liebhaber Annette nach, die ihm noch antwortete, ohne sich jedoch umzudrehen: „Junge, du warst gut, verdammt gut. Ich wünsche dir noch eine schöne Zeit!"
Und schon war sie auf dem Bahnsteig.

Sebastian Brandner erkannte schlagartig seine Situation und suchte jetzt ebenfalls nach seinen Kleidungstücken, die immer noch im ganzen Abteil verstreut waren.

Da mittlerweile andere Reisende den Zug in Richtung München bestiegen hatten, war bei Sebastian jetzt Eile geboten. Gerade gelang es ihm noch, seinen fast nackten Körper mit seinen Sachen zu bekleiden, bevor eine Stuttgarter Familie das Abteil betrat. Die Knopfleiste versetzt eingeknöpft, ein Kragen war über dem Pulli, der andere lag darunter, und der Reißverschluss an der Hose war noch geöffnet. Diesen Anblick bekamen die neuen Mitreisenden als Begrüßung zu sehen. Nahm man noch die völlig zerzausten Haare hinzu, so konnte man das Gefühl bekommen, dass der junge Mann soeben aus einer Waschmaschine gestiegen war, die gerade noch geschleudert hatte.

Aufgrund der Vorgeschichte und der Wahrnehmung seiner neuen Mitreisenden kam auch keine große Kommunikation zustande. Sebastian stellte sich schlafend und versuchte sein Erlebnis irgendwie zu begreifen. Es gelang ihm nicht und so stieg er in München aus dem Eilzug aus, um mit dem Bus nach Gerching zu gelangen.

Als er kurze Zeit später im Bus saß, hatte er immer noch das Gefühl, dass gerade ein Rasenmäher über ihn gefahren sei.

Eigentlich habe ich heute meine Unschuld zweimal verloren, wobei das zweite Mal äußerst aufregend war, resümierte das Nachwuchs-Hammerwurftalent seinen ersten Lehrgang bei der LSV.

Während der Fahrt im Linienbus hatte Sebastian eine angeregte innere Diskussion. Auf der einen Seite war für den jungen Sportler eine Welt zusammengebrochen, als ihm seine Mitstreiter nach ein paar Bieren ganz ungeniert die Einnahme der verbotenen Substanzen gestanden hatten. Die von ihm so hoch angesiedelte LSV, die nach außen hin Doping auf das Schärfste verurteilte, verabreichte seinen eigenem Nachwuchsathleten dieses Zeug! Nein, das geht nicht in meinen Kopf, sinnierte er stumm vor sich hin. Aber dann kommt dieser Engel in mein Abteil und nimmt mich einfach so. Diese spontane Liebesaffäre ließ bei Sebastian zum ersten Mal das Gefühl aufkommen, endlich ein Mann zu sein. Mit vielen Zweifeln, einem einzigartigen Erlebnis und seiner schweren Sporttasche stieg Sebastian wenig später in Gerching aus dem Bus und ging die letzten Meter zu Fuß nach Hause. Als Sebastian die Eingangstür öffnete, erkannten Marianne und Lothar Brandner bei ihrem Sohn leichte äußerliche Veränderungen, ohne dass sie ihn aber darauf ansprachen. Marianne forderte Sebastian lediglich auf, seinen Reißverschluss an der Hose zu schließen. Leicht errötend kam er dem nach. Nachdem er seine Sporttasche mit den schmutzigen Sportklamotten geleert hatte, gesellte er sich zu seinen Eltern an den bereits für das Abendbrot gedeckten Tisch. Die Unterhaltung verlief an diesem Abend eher schleppend. Sebastians Eltern waren sehr neugierig und wollten die Erlebnisse mit ihrem Sohn teilen. Obwohl er sich sehr bemühte, seine turbulenten Gedankengänge zu überspielen, kam es nicht zu einem normalen Gespräch.

Kurze Zeit später verabschiedete sich Sebastian von seinen Eltern und ging auf sein Zimmer. Diese nahmen das seltsame Benehmen ihres Sohnes zum Anlass, um noch einige Zeit miteinander zu sprechen. „Lothar, da muss etwas vorgefallen sein, denn in so einer verwirrten Verfassung habe ich Sebastian schon lange nicht mehr gesehen. Überleg doch mal, wie euphorisch der Junge am Freitag noch in den Zug nach Köln eingestiegen ist. Er redete wie ein Wasserfall und freute sich bei jeder Gelegenheit." „Es ist ein gefährliches Alter", sagte Herr Brandner, „in dem sich Freud und Leid meist in überzogener Form zeigen. Ich denke, wir sollten ihn erst einmal ausschlafen lassen, bevor wir ihn auf den Lehrgang in Köln ansprechen." Damit hakten die beiden das Thema ab und widmeten sich wieder ihren Lektüren.

◆ ◆ ◆

Franz Wagner hatte eigentlich am Sonntagabend noch auf einen Anruf von seinem Schützling gewartet, dachte sich aber nichts dabei, als dieser ausblieb, da der Junge vermutlich erst spät nach Hause gekommen war.
So trafen sich Athlet und Trainer erst am nächsten Tag in der Schule. Sebastians Verhalten war wieder normal und

so konnte Franz bei ihm noch keine Veränderung erkennen. Sie verabredeten sich für den Nachmittag im Brückencafé, um über das vergangene Wochenende zu sprechen.

Die Begegnung mit Christina auf dem Pausenhof des Gymnasiums war diesmal etwas Besonderes gewesen. Zum ersten Mal sah er seine Schulfreundin wirklich aus der Sichtweise eines Mannes! Noch geblendet von seinem Engel aus dem Zug kam trotz des anderen Blickwinkels keine Stimmung auf, die mit der im Abteil zu vergleichen gewesen wäre. Nach ein paar belanglosen, allgemeinen Themen verabredeten sich die zwei für die nächsten Tage.

Die ersten zwei Stunden im Klassenzimmer, in denen eine Diskussion über Wehrdienstverweigerung stattfand, verbrachte er dösend in der letzten Reihe.

Gott sei Dank sind in dieser Woche noch keine Prüfungen! Mit der Feststellung traf er den Nagel auf dem Kopf. Das Anabolikaproblem konnte er verdrängen und die Enttäuschung hatte er mittlerweile gut verarbeitet.

Seine innere Unruhe, die so langsam wieder stärker aufkam, hatte lange blonde Haare, hieß Annette Maus und ließ ihn zurück mit zu vielen Fragezeichen im Kopf. Ab der dritten Stunde kam seine zauberhafte Zugbekanntschaft im Fünfminutentakt und verdrängte all die wichtigen Zahlen einer Algebraformel.

Im Geiste ließ er sich ein zweites Mal von ihr verführen und selbst das genoss der Pubertierende. Durch weitere feurige Verführungen von seiner Traumfrau und das

Abgeben eines leeren Blattes beendete Sebastian Brandner die nächsten drei Unterrichtsstunden.

Auf dem Heimweg, den er heute etwas weiter ausdehnte, suchte er nach Wegen, wieder in die Realität zurückzukommen. Nach dem Durchspielen vieler Möglichkeiten bildete sich allmählich ein Entschluss in ihm, der sein Inneres wieder ins Gleichgewicht bringen sollte. Mit dieser Erkenntnis und der Hoffnung, dass er jetzt sein einzigartiges Wochenende in den Griff bekommen konnte, öffnete er daheim die Haustür.

Nach einem kurzen Mittagessen und einer Stunde Schlaf machte er sich auf, um Franz im Brückencafé zu treffen. In der Hand hielt er nur das kleine Notizbuch, in das er täglich seine sportlichen Aktivitäten eintrug.

Als Sebastian an der Eingangstür des Brückencafés stand, winkte ihm Franz schon heftig zu, um auf sich aufmerksam zu machen. Nachdem beide bestellt hatten, wollte Franz von seinem Schützling erfahren, wie der erste Hammerwurflehrgang bei der LSV für ihn gewesen sei.

Sebastian schilderte anfangs nur die rein lehrgangsrelevanten Themen, bei denen er beim Bundestrainer seiner Meinung nach schon positiv angekommen war.

Dabei las er die genauen Werte aus seinem aufgeschlagen Notizbuch vor. Franz hörte sehr konzentriert zu, um die Ergebnisse auswerten zu können. Im Verlauf seines Monologes schwirrte das Thema Doping immer in Sebastians Kopf herum und er war unschlüssig, ob er es jetzt in aller Offenheit ansprechen sollte. Als er sich nach einer Weile dafür entschieden hatte, stellte die Bedienung

in diesem Augenblick die Getränke auf den Tisch und brachte ihn wieder von seinem Vorhaben ab. Nach einem ersten Schluck aus dem Glas stellte Franz einige Fragen.
Was Sebastian zu dem Zeitpunkt noch nicht wusste, war, dass ein Telefongespräch zwischen Anton Ferber und Franz Wagner nach dem Training am vergangenen Samstag stattgefunden hatte. In besagtem Gespräch wollte der Bundestrainer vom Heimtrainer erfahren, wie viele und welche leistungsfördernden Mittel das neue Kadermitglied Sebastian Brandner neben dem Training und der normalen Ernährung zu sich nähme. Franz konnte dem Bundestrainer hier nicht weiterhelfen und eine Anabolikaeinnahme seines Athleten nicht bestätigen. Im Verlauf dieses Gespräches drängte der Bundestrainer Franz Wagner, bewusst auf Sebastian einzuwirken, damit dieser endlich zu den leistungsfördernden Medikamenten griffe. Anton Ferber hatte den Coach sehr schnell überzeugen können.
„Habt ihr über das Thema Ernährung auch gesprochen?", fragte Franz seinen Athleten.
Fast stotternd und in der Wortwahl nicht so gewandt wie sonst antwortete Sebastian, dass es mehrmals Kommentare gegeben hatte, die auf die Einnahme von Anabolika hindeutet hatten.
„Und was hältst du davon?", setzte Franz sofort nach.
„Niemals nehme ich das Zeug, zumal es gesundheitsschädlich und auch noch verboten ist!"
„Alle deine Mitstreiter nehmen die Pillen schon länger und haben nur positive Erfahrungen damit gemacht", hielt Franz dagegen.

„Gcht mich doch nichts an, was die anderen so treiben", wehrte das neue Kadermitglied ab.

Franz erkannte, dass er seinen Schützling hier und heute nicht von dessen Meinung abbringen würde. Aus diesem Grund lenkte er das Gespräch wieder in den sportlichen Bereich zurück. Nach zehn Minuten verließen sie das Café, verabredeten sich noch für den darauffolgenden Tag zum Training und gingen getrennt nach Hause.

Franz hatte nun ein Problem, an dem er noch längere Zeit zu knabbern haben würde. Er sah die Angelegenheit genauso wie der Bundestrainer. Sebastian Brandner war das größte Hammerwurftalent, das die LSV je gehabt hatte.

Wenn es mir gelingt, ihm die leistungsfördernden Mittel schmackhaft zu machen, dann wäre er in ein paar Jahren weltweit unschlagbar. Dieser Gedanke brachte bei Franz viele Ideen ins Rollen.

Zur gleichen Zeit, nur eine Seitenstraße weiter, liefen ganz andere Gedankengänge ab. Sebastian hatte sich entschlossen, den Kampf gegen das Verbotene aufzunehmen und so lange wie nur irgend möglich mit sauberen Mitteln dagegenzuhalten. Der Entschluss stärkte sein Inneres enorm und so sprudelte sein Kopf schier über vor Ideen, wie er den fast aussichtslosen Kampf gegen das Böse doch noch gewinnen konnte.

Um die letzten Zweifel ausschließen zu können, sprach Sebastian das Thema Doping beim Abendessen mit seinen Eltern ganz offen an.

Der Verlauf des Gespräches bestätigte Sebastians Entscheidung und so war für den hoffnungsvollen

Hammerwerfer eine gute Basis geschaffen, auf die er jederzeit zurückgreifen konnte. Nach dem Gespräch mit seinen Eltern sah er jetzt wieder zuversichtlicher in die Zukunft.

Bevor er auf sein Zimmer ging, telefonierte er noch mit den Wagners. Diesmal wollte er Christina sprechen. Er fragte sie, ob sie nicht Lust hätte, mit ihm am nächsten Freitag ins Kino zu gehen. Etwas überrascht, aber sehr erfreut nahm sie die Einladung an. Eigentlich hatte sie nicht mehr an solch einen Anruf geglaubt, da ihr Verhältnis zu ihrem Schwarm sich etwas abgekühlt hatte. Hocherfreut legte sie den Hörer wieder auf und ging beschwingt auf ihr Zimmer.

Sebastian hatte das Treffen bewusst angestrebt, da er immer noch die Erinnerung an seinen blonden Engel in sich hatte. Nach dem Erlebnis im Zugabteil fühlte er sich doch nun endlich wie ein Mann. Und dieser neuen Erkenntnis wollte nun intensiver auf den Grund gehen.

Wenn ich mit Christina Ähnliches erleben würde wie mit Annette, könnte ich mir vorstellen, dass ich mein wunderbares Phantom irgendwann vergessen und dann wieder normal werden könnte, dachte er sich.

Die folgende Nacht konnte Sebastian durchschlafen und sah die Welt nun wieder von ihrer schönen Seite.

Der nächste Tag in der Schule verlief auch ganz normal. Sein Inneres war wieder bereit, Neues von den Naturwissenschaften aufzunehmen.

Auch das für den Nachmittag anberaumte Training mit Franz war sehr effektiv und so konnte nach dem emotionalen Horrorwochenende die Normalität wieder

Einzug halten. In den anstehenden Prüfungen für die Fächer, die er in diesem Jahr schon ablegen konnte, hatte er durchaus gute Ergebnisse erzielt.

Das war jetzt eine gute Basis, um sich in den nächsten Monaten verstärkt dem Sport zu widmen. Als nächste Großveranstaltung standen die Bayerischen Jugendmeisterschaften in Waldkraiburg an. Von der Vorleistung her war Sebastian mit seiner in Mainz erzielten Weite klarer Favorit.

Dieser Rolle wurde er an diesem Tag auch gerecht. Mit einer Weite von 60,74 Metern gewann er ganz überlegen vor einem Werfer von 1860 München, der mit 55,12 Metern einen klaren Rückstand hatte.

Einen großen Anteil an Sebastians guter Wurfleistung hatte Christina, mit der das hoffnungsvolle Talent mittlerweile eine ausgefüllte sexuelle Beziehung begonnen hatte. Praktisch hätte Sebastian in der nächsten Zeit bei den Wagners einziehen können.

An vier Tagen der Woche trainierte er mit Franz, an den restlichen drei genoss er das intensive Leben mit Christina. Und so konnte das große Ziel, die Deutschen Jugendmeisterschaften in Lübeck, aktiv angegangen werden. Das Messen der besten Jugendlichen Deutschlands hatte in der Öffentlichkeit mittlerweile einen angemessenen Stellenwert eingenommen. Dementsprechend umfangreich war auch die Medienpräsenz vor dem großen Event.

Nach guten Trainingsergebnissen und mit einer optimistischen Grundstimmung reisten Sebastian und Franz bereits fünf Tage vor der Veranstaltung mit dem

Porsche an. Eingecheckt wurde im besten Hotel der Stadt. Damit wollte Franz zeigen, dass er nichts dem Zufall überlassen würde.

An der sportlichen Ausgangslage hatte sich nichts geändert. Sebastian lag immer noch an zweiter Stelle der deutschen Rangliste hinter seinem Rivalen Bernhard Spengler von AS Pirin und vor Johannes Metzeler vom VFB Stuttgart.

Die erzielten Weiten lagen alle sehr nah beieinander und so wurde ein sehr spannender Wettkampf erwartet. Franz Wagner, der ein gutes Verhältnis zur Presse aufgebaut hatte, schürte die Hammerwurfentscheidung mit Äußerungen über fantastische Trainingsleistungen seines Schützlings weiter an. Parallel dazu motivierte Franz seinen selbst ernannten Favoriten durch viele Einzelgespräche bis in die Fingerspitzen.

Körperlich bestens vorbereitet, innerlich sehr angespannt stand Sebastian gegen 14 Uhr in der Lobby des Hotels und wartete auf seinen Trainer, um mit ihm ins Stadion zu gelangen.

Der Hotelangestellte fuhr den roten Porsche zum Haupteingang und parallel dazu erschien Franz in seinem neuen Trainingsanzug, den er von einem großen Sportartikel-Repräsentanten kostenlos zur Verfügung gestellt bekommen hatte. Mit einem Klaps auf Sebastians Schulter signalisierte Franz die Abfahrt.

Auf dem Weg ins Stadion stopfte Franz seinen Schützling noch mit einigen Informationen voll, um auch ja nichts vergessen zu haben. Doch Sebastian empfand dieses Auf-ihn-einreden eher als störend. Nach zehn Minuten stellte

Franz seinen Porsche 911 genau hinter der Haupttribüne ab, obwohl er dafür keine Parkerlaubnis hatte.

Auch dieses protzige Gehabe empfand Sebastian nicht unbedingt als beruhigend. Die zwei durchschritten das Haupttor und begaben sich zum Stellplatz, um ihre Startkarte abzugeben. Sebastian hatte jetzt noch genau neunzig Minuten Zeit, um sich der Qualifikation im Hammerwerfen zu stellen.

Es traten achtzehn Athleten an, und aus den ersten zwölf würde einen Tag später der deutschen Jugendmeister im Hammerwerfen ermittelt werden.

Laut Startliste mussten fünfundfünfzig Meter genügen, um das Finale zu erreichen.

Geplant war von Franz Wagner, dass sein Athlet einen lockeren Wurf auf achtundfünfzig Meter setzte, um sich dann ruhig auf den folgenden Tag vorbereiten zu können. Nach einem dreißigminütigen Warmlauftraining versammelten sich die jungen Sportler am Stellplatz, um kurze Zeit später mit den Kampfrichtern das Stadion zu betreten. Genau um 16 Uhr schritten die Hammerwerfer im Gänsemarsch durch das Marathontor, um sich wenig später neben dem Ring zu platzieren. Bei Meisterschaften durfte jeder Athlet nur zwei Probewürfe absolvieren. Gemäß der späteren Reihenfolge ging das Abenteuer Deutsche Jugendmeisterschaft endlich los. Obwohl im weiten Rund des Stadions bereits viele andere Entscheidungen liefen, konzentrierte sich die komplette Fotografenschar auf das Hammerwerfen der männlichen Jugend. Genauer gesagt waren alle Objektive auf Sebastian Brandner vom VFL Gerching gerichtet.

Sein Trainer und Mentor hatte also ganze Arbeit geleistet. Bei den vielen von großem Optimismus geprägten Interviews, die er in der letzten Zeit gegeben hatte, war neben dem Wort „Sieg" auch noch der Begriff „deutscher Rekord" gefallen. Der deutsche Jugendrekord im Hammerwerfen der männlichen Jugend stand seit vielen Jahren bei 66,12 Metern.

Der Probedurchgang verlief planmäßig, und ohne große Anstrengung schleuderte Sebastian die Eisenkugel nahe an die Sechzig-Meter-Linie. Da er mit der zweitbesten Vorleistung angereist war, kam er als vorletzter zum Werfen.

Mit der Zeit kam bei ihm eine leichte Unruhe auf. Zunehmend steigerte sie sich so langsam zu einer größeren Nervosität. Dieses nun fast schon beklemmende Gefühl verstärkte sich durch das Rattern der vielen Fotoapparate noch weiter.

Mit einem viel zu hohen Blutdruck und viel zu weichen Knien betrat der bayerische Hammerwurfmeister der Jugend den Ring. Franz Wagner saß mit dem Bundestrainer auf der Haupttribüne, als sie gemeinsam den ersten Versuch des Titelaspiranten beobachteten.

„Viel zu schnell!", schoss es aus Franz heraus, als er seinen Schützling beim Anschwingen sah.

Folgerichtig passte das Zusammenwirken mit den Beinen nicht mehr und deshalb konnte Sebastian den Wurf nicht halten. Sein erster Versuch wurde für ungültig erklärt und so musste er sich auf seine beiden letzten Versuche verlassen.

Bei Meisterschaften haben die Trainer keine Möglichkeiten, um auf ihren Athleten einzugehen. Diese Option jedoch hätte Franz an dem heutigen Tag liebend gern gehabt.

Und sein Gefühl täuschte ihn nicht. Mit großem Entsetzen registrierte Franz den zweiten Versuch von Sebastian, der ebenfalls ungültig gewertet wurde.

Die fachkundigen Zuschauer auf der Tribüne hatten noch die Worte von Franz Wagner im Ohr, der bis kurz vor Beginn seinen Athleten als kommenden deutschen Jugendmeister angekündigt hatte. Der Bundestrainer beschwichtigte mittlerweile Sebastians Trainer, der so langsam seinen Optimismus zu verlieren schien.

„Der Junge schafft das schon noch", hörte Franz ihn sagen. Auf diese Situation waren Athlet und Trainer nicht vorbereitet.

Was Franz noch nicht wusste, war Sebastian bereits vor dem entscheidenden dritten Durchgang klar. Obwohl er die Drehungen mehrere tausend Mal geübt hatte, konnte er heute sein Potential nicht abrufen.

Mit „Der Glaube stirbt zuletzt" feuerte Franz sich selbst noch einmal an. Es half nichts! Sebastian schleuderte im dritten Versuch seinen Hammer mit vollem Kraftaufwand in das Schutzgitter.

Jetzt brachen bei Franz Wagner etliche Dämme, denn ihm war sofort klar, dass seine weiteren Ziele im Jahr 1971 nicht mehr zu erreichen sein würden.

Kein Länderkampf, keine Zuschüsse von der Deutschen Athletenhilfe, kein Ausrüstervertrag mit einem der großen deutschen Sportartikelhersteller und noch dazu das Gespött der Leute, das nach seinen sehr optimistischen Ankündigungen jetzt wohl auf ihn herunterprasseln würde.

Sebastian saß minutenlang am Boden, den Kopf zwischen den Beinen und versuchte das eben Erlebte zu verstehen. Er konnte es nicht. Viele trostspendende Hände seiner Mitstreiter tätschelten seine Schulter. Sebastian bekam von allem dem nichts mehr mit. Der Traum, Deutscher Jugendmeister im Hammerwerfen zu werden, zerplatzte wie eine Seifenblase.

Als kurze Zeit später die Athleten aus dem Stadion wieder hinausgeführt wurden, kam es zu einem kurzen, aber heftigen Wortwechsel zwischen Franz und Sebastian. Es waren für lange Zeit die letzten Worte zwischen den beiden. Franz fuhr mit dem Porsche noch für ein paar Tage an die Ostsee. Sebastian schickte er mit dem Zug zurück nach Gerching. Die schier endlose Zugfahrt nach München brachte nach dem Aussteigen auch keine neuen Erkenntnisse.

Auch die Ankunft zu Hause war nicht übermäßig herzlich. Obwohl Marianne und Lothar Brandner stolz auf das bereits Erreichte ihres Sohnes waren, konnten sie mit der neuen Situation nicht richtig umgehen.

Sebastian erkannte bei den Gesten und Blicken seiner Eltern eine Disharmonie, die mit den motivierenden und tröstenden Worten nicht übereinstimmte.

Noch in derselben Nacht telefonierte Sebastian mit Christina und machte ihr einen überraschenden Vorschlag.

„Was hältst du davon, wenn wir morgen für einen längeren Zeitraum gemeinsam in den Urlaub fahren?"
Christina war so überrascht, dass sie ihn gar nicht nach seinem Ergebnis bei den Deutschen Jugendmeisterschaften fragte. Sehr erfreut nahm sie das Angebot an und konnte den Rest der Nacht nicht mehr richtig einschlafen. Am nächsten Tag stand Sebastian mit einem großen Rucksack, einem Schlafsack und einer Luftmatratze vor dem Haus der Wagners. Christinas Mutter versuchte sich mit einem Taschentuch die Tränen aus dem Gesicht zu wischen. Schluchzend verabschiedete sie sich von den beiden.
Franz hatte ihr in der Nacht telefonisch mitgeteilt, dass er bis auf Weiteres bei einer neuen Frau, die er wohl schon länger kannte, bleiben würde.
Genau das Gegenteil spiegelte sich in Christinas Gesicht wider. Hier war die pure Lebensfreude in allen Facetten zu sehen.
Nach einem tränenreichen Abschied stiegen die zwei frisch Verliebten in den Autobus, der sie nach München zum Bahnhof brachte.
Von hier ging es dann weiter über Genf, das Rhonetal entlang bis nach Marseille. In der südfranzösischen Stadt wollte Sebastian mit seiner bezauberten Freundin einmal richtig ausspannen, um sich Gedanken über die weitere Zukunft zu machen. Im Zelt und in der Natur gelang dieser Reinigungsprozess bestens.
Die Gegend um Istres mit den zwei kleinen Binnenseen lud täglich zu ausgedehnten Spaziergängen ein. Die Nächte waren wie geschaffen, um ihrer jugendlichen

Unbefangenheit und Neugier einmal so richtig auf den Grund gehen zu können. Viele Gespräche, kulturelle Schönheiten und die französische Küche rundeten den „Wiederfindungsurlaub" wunderbar ab.

Die Gefühlswelt der beiden wurde durch die zur Neige gehenden Geldreserven langsam wieder in die raue Wirklichkeit zurückgeführt. Und so waren vier wunderbare Wochen vergangen, in denen niemand an einen Hammer oder an ein Schulproblem gedacht hatte. Je näher jedoch der Zug München kam, desto mehr holte Sebastian die Vergangenheit wieder ein.

Die Einstellung, es allen noch einmal zeigen zu wollen, machte sich so langsam in ihm wieder breit. Gestärkt durch die schönen Tage mit Christina und das Überdenken seiner Situation war er jetzt bereit, sich zu rehabilitieren.

Mit dem Beginn der Schule normalisierte sich der Alltag bei den Brandners und Wagners wieder. Franz hatte sich etwas kleinlaut bei seiner Frau zurückgemeldet, und die erste Enttäuschung bei Sebastians Eltern war auch verflogen.

Voller Tatendrang und guter Laune nahmen die jungen Leute die Abiturklasse in Angriff.

♦ ♦ ♦

Genau fünf Wochen waren vergangen, bis zwischen Franz und Sebastian wieder ein Gespräch zustande kam. Sebastian war immer noch gekränkt und hatte die letzte Unterhaltung mit Franz noch im Ohr. Auch dieses spontane Heimschicken lag ihm noch im Magen. Es war klar, dass der erste Kontakt sehr spröde und zurückhaltend sein würde. Dieses erneute Beschnuppern diente nur zum Ausloten, in welche Richtung es sportlich weitergehen sollte.

Franz war der große Verlierer der letzten fünf Wochen. Zu Hause wurde er nur noch geduldet und sein vielversprechendes Talent zeigte auch kein großes Interesse, weiter mit ihm zu trainieren. Daher zog er sich erst einmal in die Schmollecke zurück.

Sebastian gestaltete seine gesamte Freizeit fast ausschließlich mit Christina: Radfahren durch die Isarauen, Nacktbaden am Baggersee, Picknick im Grünen, ausgedehnte Waldspaziergänge mit innigen Gesprächen und abendliche Kinobesuche im Festspielhaus. Darüber hinaus trainierte Sebastian dreimal pro Woche allein auf dem Sportplatz.

Die Trainingsergebnisse fielen eher spärlich aus und so ganz glücklich war er damit nicht. Zwei Wochen lang passierte nichts.

Als er eines Tages Ende September von der Schule kam, sah er einen Brief auf dem Tisch liegen. Wie von Weitem schon zu erkennen war, kam die Postsendung von der LSV. Bevor Sebastian an den Mittagstisch zu seiner Mutter ging, las er den an ihn gerichteten Brief.

Lieber Sebastian,

nach geraumer Zeit wollte ich mich bei Dir mal wieder melden. Dein Vorhaben, deutscher Hammerwurfmeister zu werden, ist ja leider nicht in Erfüllung gegangen. Ich glaube, dass ich mich gut in deine Stimmungslage versetzen kann. Große Sportler haben alle schon einmal ein Tal durchschritten, bevor sie daraus gestärkt hervorgingen. Mit dem Schreiben an Dich möchte ich Dir Mut machen und Dir noch einmal aufzeigen, welches Talent in Dir steckt ...

Der dreiseitige handgeschriebene Brief verlief in ähnlichen Worten weiter, die Sebastian zum Weitermachen animieren sollten. Beendet wurde der sehr emotionale Brief mit einem Angebot, das sich Sebastian mehrmals durchlesen musste, um es zu begreifen.

Anton Ferber, der Bundestrainer, bot Sebastian an, dass er für zwei Wochen nach Gerching kommen würde, um täglich mit ihm zu trainieren. Sebastian sollte nur in einem kleinen Hotel ein Zimmer für den Bundestrainer buchen.

Diesen neuen Sachverhalt besprach er anschließend mit seiner Mutter am Mittagstisch. Marianne unterstütze mit ihren Worten den Bundestrainer. Bei Sebastian stand noch ein Zweifel im Hinterkopf.

„Warum macht der so etwas?", fragte er fast Hilfe suchend seine Mutter.

„Er setzt große Hoffnungen in dein Talent, sonst hätte er sicherlich nicht zu der außergewöhnlichen Aktion gegriffen", antwortete sie darauf.

Auch wenn Sebastian es rational noch nicht ganz erfasst hatte, war er doch sehr motiviert. Am 24. September 1971 um 14 Uhr stand Anton Ferber vor dem Haus der Brandners.

Sebastian begrüßte ihn bereits auf der Straße und war schon ein bisschen stolz auf diesen Besuch. Bei einem Kaffee, den Sebastians Mutter zubereitet hatte, besprachen die beiden das Programm für die nächsten zwei Wochen.

Der Bundestrainer wollte in diesem Zeitraum zehn Trainingseinheiten absolvieren. Ihm war durchaus bewusst, dass Sebastian in der letzten Abiturklasse war und dementsprechend andere Prioritäten setzen sollte. Marianne stimmte dem Plan nur zu, weil Sebastian gelobte, jeden Abend noch einen Blick in seine Schulbücher zu werfen.

Der Bundestrainer hatte noch einen Wunsch, den er erst am Ende der Kaffeerunde etwas zurückhaltend formulierte.

„Um das Gelernte in den nächsten Monaten weiter zu intensivieren und zu festigen, wäre es gut, wenn Franz Wagner unsere Trainingseinheiten gelegentlich besuchen könnte. Sebastian, was hältst du davon?" „Ich weiß nicht", antwortete der spontan. „Natürlich spreche ich mit ihm, bevor wir mit dem Training beginnen."

Nach einigem Zögern siegte die Vernunft bei Sebastian, und er stimmte dem Ganzen zu.

Gegen 17 Uhr verließ der Bundestrainer das Haus und checkte im Hotel Grüner Baum ein, bevor er sich um 18 Uhr mit Sebastian am Sportplatz traf.

Beim ersten Hammerwurftraining blieben die zwei noch unter sich, um nicht nur über die Technik zu sprechen. Schulnoten, Hobbys, Wetter und Ernährung waren die Themen, die den Bundestrainer zudem interessierten.

Anton Ferber hatte die drei misslungenen Würfe von den deutschen Meisterschaften mit seiner Super-8-Kamera aufgenommen und bestimmt auch schon hundertmal angesehen. Als Hauptfehler diagnostizierte er neben dem zu schnellen Beginn die Passivität in der zweiten Drehung.

Und genau mit einer Beschleunigungsübung begannen die beiden den ersten Trainingsabend. Da die Hammerwurfdrehung zu den schwierigsten Übungen in der Leichtathletik gehört, war es sehr zeitaufwändig, die einzelnen Elemente zu analysieren. Der Bundestrainer hatte deshalb die drei wichtigsten Elemente zur Chefsache gemacht. Und die ersten Trainingswürfe bestätigten seine Theorie.

Sebastian hatte das Problem, dass er mit zunehmender Drehung immer langsamer wurde. Und durch das Verringern der Umlaufgeschwindigkeit überholte ihn sein Hammer. Dieser Sachverhalt kristallisierte sich immer mehr als Schwachpunkt heraus. Und daran konnte man erkennen, dass der Bundestrainer in der Fehleranalyse ein Ass war. Er brach das Wurftraining nach acht Würfen ab und ging dafür zu einer Sprint- und Sprungübung über. Und den ganzen Abend über mühten sich die beiden, den bereits eingeschliffenen Fehler zu eliminieren. An diesem Tag sollte es jedoch nicht mehr gelingen, das technische Element in den Bewegungsablauf einzubauen.

In den folgenden drei Tagen wurde weiterhin sehr akribisch gearbeitet. Da beide Perfektionisten waren, stachelten sie sich immer wieder gegenseitig an, und so waren die technischen Verbesserungen vorprogrammiert.

Als sie nach einer Woche so weit waren, luden sie Franz Wagner zu den Trainingseinheiten ein, um das Konzept in der Folgezeit vor Ort weiterentwickeln zu können. Die Fortschritte und die Art des Trainings versetzten Sebastian wieder in eine sehr offensive Grundhaltung. Bis auf Christina war das ganze Umfeld auf das Hammerwerfen ausgerichtet worden. Für den Athleten war es wichtig, dass er jetzt alle Drehelemente begriffen hatte, und das stärkte sein Selbstvertrauen. Als logische Konsequenz daraus ergaben sich sehr weite Trainingswürfe.

Nach zwei Wochen reiste ein absolut zufriedener Bundestrainer wieder nach Pirin ab. Ihm war klar, dass der Junge ein enormes Potential hatte, das man aber nur vorsichtig steigern sollte. Obwohl in der Vergangenheit sehr viel Porzellan zerbrochen worden war, hatten sich alle Beteiligten wieder zusammengerauft.

Als Krönung der außergewöhnlichen Trainingswochen plante der Bundestrainer noch einen Wettkampf in München am 12. Oktober 1971.

Dieser Wettkampf sollte Sebastians Selbstvertrauen steigern, um gut über den Winter zu kommen.

Am Montag, dem 13. Oktober, stand gar nicht mal so klein auf der ersten Seite der *Süddeutschen Zeitung* zu lesen: „Sebastian Brandner verbessert den deutschen Hammerwurfrekord der männlichen Jugend um 78 cm auf 67,88 Meter."

Was war passiert? Sebastian hatte die ganzen Verbesserungen seines intensiven Sondertrainings mit dem Bundestrainer in seine Technik einbauen können. Jetzt war der Athlet wieder der Alte. Er hatte seine Unbefangenheit wiedergefunden.

Reporter von diversen Münchner Tageszeitungen gaben sich im Hause Brandner in diesem Oktober die Klinke in die Hand, und jeder wollte die neuesten Veränderungen im Hause Brandner exklusiv vermarkten. Nach etwa drei Wochen kehrte endlich etwas Ruhe ein, denn das Wichtigste war und blieb die Schule in den nächsten Monaten.

Die Balance zwischen Training und Schule pendelte sich gut ein und so war es für Kopf und Muskeln gut, jeweils einen Ausgleich zu haben. Die Vorprüfungen für das Abitur verliefen alle sehr positiv und deshalb war auch nie ein lautes Wort aus dem Elternhaus nötig, wenn der Filius das Training wieder einmal übertrieben hatte.

Zusätzlich fuhr Sebastian einmal im Monat zu Lehrgängen der LSV nach Pirin. Diese Wochenenden mit den langen Zugfahrten nutze der strebsame Schüler zum Lernen. Nur manchmal dachte er an sein erstes Zugabenteuer mit seinem Engel, wie er Annette Maus nannte, zurück. Trotz der langen Zeit konnte er dieses einmalige Erlebnis nicht vergessen und versank in manchen einsamen Stunden in der heftigen Erinnerung. Das Training zu Hause und die Schule bauten ihn auf und er war sich seiner Sache auch sicher, dass er sowohl das eine wie auch das andere erfolgreich hinter sich bringen würde.

Belastendes kam immer nur in Pirin auf ihn zu. Bei den abendlichen Gesprächen mit dem Bundestrainer kam immer wieder das Thema Doping auf. Anton Ferber brachte internationale Studien von hochgelobten Professoren mit, die sich nur vorteilhaft zu der Angelegenheit äußerten. Selbst die Tatsache, dass alle anderen Kadermitglieder bereits seit geraumer Zeit „an der Nadel hingen", konnte Sebastian nicht umstimmen. Bei dem Thema war er eine harte Nuss.

Diese sture Haltung brachte den Bundestrainer in eine dumme Situation. Eigentlich wollte er Sebastian an diesem Tag eine tolle Nachricht übermitteln. Nur war diese Information an eine Bedingung geknüpft. Durch den Verlauf des Gespräches entschied der Bundestrainer, Sebastian an diesem Tag nicht darüber zu informieren, dass er vom Deutschen Sportbund vorgeschlagen worden war, finanzielle Hilfe von der Deutschen Athletenhilfe zu erhalten. Und genau diese Zahlung war nach einer geheimen Sitzung an die Bedingung geknüpft, dass er den Zuschuss von monatlich 300 DM nur dann erhielt, wenn es eine Chance gäbe, die Norm für das nächste Jahr tatsächlich zu erfüllen. Ohne leistungsfördernde Mittel war eine so große Steigerung aber nicht möglich.

Diese Information durfte unter gar keinen Umständen an die Öffentlichkeit gelangen. Und so endete dieses abendliche Gespräch zwischen Männern nicht gerade zufriedenstellend. Nach der Verabschiedung ging Sebastian gegen Mitternacht auf sein Zimmer und wollte den Abend und das Gespräch schnellstens vergessen.

Er war aber zu aufgewühlt, um sofort einzuschlafen. Auch mehrmaliges Drehen konnte den ersehnten Schlaf nicht herbeiführen. Seine Gedanken drehten sich weiter um das Thema Doping. Selbst seine Kaderfreunde erschienen ihm in den kurzen Traumphasen. Ihre Körper waren durch die verbotenen Pillen überdimensional gewachsen, sodass sich Sebastian fast vor ihnen fürchtete. Das ansonsten hübsche jugendliche Gesicht ähnelte am nächsten Morgen beim Blick in den Spiegel eher dem einer Mumie. Als er dann am Frühstückstisch saß, normalisierte sich sein Aussehen langsam wieder.

Die Kommunikation zwischen dem Bundestrainer und Sebastian hielt sich an diesem Morgen in Grenzen. Beide waren mit dem Thema noch nicht durch und so verdrängten sie den gestrigen Abend. Das Mittagessen und die Verabschiedung verliefen etwas distanziert. Und so stieg Sebastian mit vielen ungeklärten Fragen in den Zug ein, der ihn nach München bringen sollte.

Zu Hause merkte man dem ansonsten selbstbewussten Sohn sofort an, dass wieder etwas vorgefallen sein musste. Sebastian selbst gefiel dieser Zustand überhaupt nicht und so wollte er mehrmals den Bundestrainer anrufen, um wieder Ruhe in sein Inneres zu bekommen.

Die unzufriedene Gefühlslage änderte sich von einem Tag auf den anderen. Als Sebastian mittags nach Hause kam, lag ein ungeöffneter Brief der Deutschen Athletenhilfe auf dem Küchentisch.

Sebastian öffnete das sehr dicke Kuvert mit einer Schere und nahm den mehrseitigen Brief heraus. Vor lauter Neugier hatte er vergessen, seinen Rucksack vom Rücken zu nehmen. Das Lesen des Anschreibens löste bei ihm wieder eine Gefühlsdusche aus. Kalt, warm, kalt, warm — so nahm Sebastian den Inhalt auf.

„Die spinnen doch, die haben doch einen Vogel, mit mir nicht, nein, auf keinen Fall!", wetterte er vor sich hin, bevor er den Brief verärgert auf den Tisch warf.

Das Gute an dem dubiosen Angebot der Deutschen Athletenhilfe war jetzt die daraus resultierende Reaktion von Sebastian. Er wollte heute Abend das komplette Thema und alle Versuche der Verführung zu Anabolika mit seinen Eltern besprechen. Allein diese Entscheidung löste in ihm etwas Entspannung aus.

Der Tisch war wie jedem Tag hübsch gedeckt und so saß die Familie Brandner geschlossen am selbigen. Nach ein paar allgemeinen Worten lenkte Sebastian das Thema auf sein Problem. Er fing einfach an zu sprechen, ohne große Emotionen redete er immer weiter. Marianne und Lothar überhörten die ersten Textpassagen, wurden aber aufgrund der Thematik immer hellhöriger, als Sebastian nach weiteren zwanzig Minuten mit seiner persönlichen Abrechnung fertig war.

Sebastians Eltern war der Schock anzumerken und nur ganz langsam gingen sie auf das eben Gehörte ein. Marianne reagierte zuerst ungläubig, wurde aber von ihrem Mann mit den Worten „Der Junge lügt doch nicht!" zurechtgewiesen.

Lothar Brandner ließ die Angebote, die sein Sohn bis zum heutigen Tag hartnäckig abgelehnt hatte, noch eine ganze Weile im Raum stehen. Auch er musste sich erst einmal sammeln, um seinem Sohn die richtige Unterstützung zuteilwerden zu lassen. Und geschlossen entrüstend reagierten die Eltern nun. In der anschließenden Diskussion kam ganz klar zum Ausdruck, dass Sebastian keine verbotenen Mittel zu sich nehmen würde. Schockierend für die Brandners war das Scheiben insofern, da es von der Deutschen Athletenhilfe selbst gekommen war.

Stolz war Sebastian, dass er seinen deutschen Jugendrekord ganz sauber erzielt hatte, ganz ohne Medikamente und anabole Pillen.

Ich kann es auch ohne das Zeug schaffen, dachte er sich.

Dass er sich das alles sehr zu Herzen genommen hatte, spürte man in den nächsten Trainingswochen. Seinen ohnehin schon enormen Einsatz erhöhte er noch um einiges. Sein Gewicht und die Trainingswerte gingen in gleichem Maße nach oben. Mit dieser Einstellung und der Wut über den offiziellen Brief der Deutschen Athletenhilfe kam er gut durch das Wintertraining. Das monatliche Zusammentreffen in Pirin mit seinen gleichaltrigen Mitstreitern ließ ihn erkennen, dass er mit seinen Werten und der technischen Linie ganz weit vorn lag. Auch der Bundestrainer war positiv überrascht, da sich Sebastians Konkurrenten ja allesamt vom Professor einer Uniklinik Pillen schicken ließen, die ihre Werte nachweislich nach oben puschten.

In Gesprächen zwischen Sebastian und dem Bundestrainer ging es nur noch am Rande um das Thema mit den leistungsfördernden Mitteln. Wesentlich wichtiger für die beiden war der kontinuierliche Fortschritt, den der Junge von Woche zu Woche aufwies. Das einzige, was den Bundestrainer etwas nachdenklich stimmte, war die Tatsache, dass sich das Trainingsgespann in Gerching nicht mehr so gut verstand. Obwohl Sebastian das Thema nicht bewusst angesprochen hatte, hörte der erfahrene Trainer immer wieder zwischen den Zeilen einen speziellen Unterton, der vermuten ließ, dass da etwas nicht stimmte.

Bestätigt bekam Anton Ferber dies im Februar, als Sebastian anlässlich eines einwöchigen Trainingslagers der LSV in Frankreich laut über seine Zukunft nachdachte. Im Verlauf des Gespräches fragte Sebastian etwas überraschend den Bundestrainer, was er davon hielte, dass er mit Beginn des Herbstsemesters seinen Wohnsitz nach Pirin verlegen würde. Der Bundestrainer nahm diese Nachricht sehr positiv auf und animierte ihn, das auch letztlich zu tun.

Neben praktischen Argumenten, die für den Wohn- und Vereinswechsel sprachen, kam auch ein Signal, das die Heimtrainerproblematik eindeutig noch einmal unterstrich. Sebastian hatte nicht mehr das Vertrauen zu Franz Wagner, da der sich immer mehr in den Vordergrund drängte und nach wie vor seine Frauengeschichten hatte.

Die Qualität des Trainings litt bisweilen sehr darunter, und das passte Sebastian überhaupt nicht. Der Hauptgrund der großen Veränderung war aber das geplante Chemiestudium in Köln, für das sich Sebastian mittlerweile entschieden hatte. Da Köln und Pirin sehr eng beieinanderlagen, war dieser Schritt für den deutschen Jugendrekordhalter ideal.

Aber bis es so weit war, mussten noch einige wichtige Prüfungen bestanden werden. Zuerst war das die Abiturprüfung, die Sebastian unter allen Umständen mit einem Einserschnitt abschließen wollte. Zum anderen stand ein Jugendländerkampf gegen die USA an. Nicht zu vergessen die im Juli stattfindenden deutschen Jugendmeisterschaften in Bielefeld. Auch standen die Olympischen Sommerspiele in München im selben Jahr noch auf dem Programm.

Diese Spiele kommen für mich noch zu früh, sinnierte Sebastian immer, wenn er sich Gedanken über sein weiteres Sportlerleben machte. Sein Interesse war naturgemäß sehr groß und so organisierte er sich bereits im Vorverkauf für mehrere Entscheidungen in der Leichtathletik Eintrittskarten. Aber bis dahin war noch etwas Zeit.

Durch die finanzielle Bereitschaft der Deutschen Athletenhilfe und die Unterstützung vom Bundestrainer kamen im zweiwöchentlichen Rhythmus immer wieder Treffen in Pirin zustande, die das vernachlässigte Training in Gerching kompensieren konnten. Das Wintertraining war Mitte April abgeschlossen und so bereitete man sich langsam auf die ersten Wettkämpfe im Mai vor.

Durch die Trennung von seinem Heimtrainer Franz Wagner rutschte Sebastian in ein kleines Formtief, das er aber nach zwei Wochen überwunden hatte.

Dass er so schnell durch dieses sportliche Tal ging, hatte er dem Bundestrainer Anton Ferber zu verdanken, der ihn immer mehr unter seine Fittiche nahm und ihm durch seine Präsenz das nötige Selbstvertrauen gab.

Diese neue Situation, den Bundestrainer als Heimtrainer zu haben, beflügelte den jungen Athleten noch mehr und so war man sehr gespannt, mit welcher Weite Sebastian die neue Saison eröffnen würde.

Obwohl es am ersten Werfertag in München den ganzen Tag geregnet hatte, gewann Sebastian mit einer hervorragenden Weite von 69,04 Metern ganz klar den Wettbewerb. Mit dieser Weite platzierte er sich gleich an erster Stelle der deutschen Rangfolge im Hammerwerfen der Jugend und hatte damit die geforderte Leistung der Deutschen Athletenhilfe und der LSV erfüllt. Nun konnte er sich in den nächsten Wochen voll seinen Vorbereitungen für das Abitur widmen.

Die einzige, die ihn zwischendurch noch ein bisschen „störte", war Christina, mit der Sebastian immer noch gern seine spärlich bemessene Freizeit verbrachte. Die beiden führten eine lockere Beziehung, in der sie sich sehr wohlfühlten. Trotz der Abiturvorbereitungen kamen die Zärtlichkeiten nicht zu kurz. Als Liebesnest bot sich Christinas Zimmer im elterlichen Haus wunderbar an, da ihr Vater wieder einmal wegen einer anderen Frau ausgezogen war und ihre Mutter sich daraufhin noch mehr beruflich engagierte als zuvor.

Sebastians Eltern kannten den wahren Grund der fast täglichen Treffen ihres Sohnes mit Christina nicht so genau, nämlich den, dass, nachdem die beiden gepaukt hatten, sie sich noch sehr intensiv im Bett betätigten.

Doch dieser „Doppelbelastung" standen die jungen Leute sehr positiv gegenüber und daraus ergab sich schon beim Auseinandergehen eine wunderbare Vorfreude auf den nächsten Tag. In der ersten Zeit lernten die beiden drei Stunden, um sich dann anschließend noch dreißig Minuten in Christinas Zimmer zu amüsieren. In den vier Wochen der Abiturvorbereitungen beließen es die Schulabgänger bei den täglichen dreieinhalb Stunden, die sie gemeinsam verbrachten. Verschoben hatte sich mit der Zeit nur das Verhältnis zwischen Lernen und Sex. Im gleichen Maße, wie das Interesse an den Büchern abnahm, steigerte sich das Interesse am Erkunden des Körpers des anderen. Da ihre jungen Körper durchaus in der Lage waren, über einen längeren Zeitraum den Liebesakt durchzuführen, genossen die zwei ihre Nachmittage in vollen Zügen. Auch wenn Christina und Sebastian einen Abiturschnitt von 1,4 erreicht hatten, kann man natürlich nicht sagen, dass Sex im Übermaß automatisch eine gute Note ergibt. Die hervorragende Abiturnote resultierte in erster Linie aus der hohen Intelligenz, die beide von Haus aus hatten.

◆ ◆ ◆

Nach dem Überreichen des Abiturzeugnisses zerstreute sich die stolze Absolventenklasse an Universitäten in der ganzen Welt. Die Flamme von Christina und Sebastian, die doch in den Tagen der Abiturvorbereitungen noch so heftig gelodert hatte, war ganz langsam kleiner geworden. Christina zog es nach Melbourne/Australien, um Theaterwissenschaften zu studieren. Sebastian zog nach Köln, um dann für die LG des AS Pirin zu starten.
Sehr herzlich und bewegt verabschiedeten sich die beiden auf dem Münchner Flughafen. Beide wussten, dass sie sich wohl für längere Zeit nicht sehen würden und so übergaben sie sich noch kleine persönliche Präsente, um sich in besonderen Momenten der schönen gemeinsamen Zeit zu erinnern.
Bei Sebastian war jetzt der Sport wieder die Nummer eins im Leben. Dem seelischen Druck, das Abitur mit einer guten Note abzuschließen, hatte er blendend standgehalten. Und auch das im Vergleich zu seinen heranwachsenden Schulkollegen etwas vernachlässigte Sexualleben hatte er mit seiner hübschen Christina locker ausgleichen können.
Am 6. Juni 1972 stand ein VW-Bus vor dem Haus der Brandners, um die persönlichen Sachen von Sebastian nach Pirin zu bringen. Neben den ganzen Sportklamotten

und Wurfgeräten verfrachtete Sebastian noch seinen Kofferradio von Nordmende, seine Plattensammlung und den dazugehörenden Plattenspieler in den schon etwas betagten Kleintransporter. Seine neue Adresse war jetzt Pirin, Stadtteil Schneebusch. Hier wohnte Sebastian mit einem weiteren Jungen auf einem Zimmer, der ebenfalls nach Pirin gekommen war, um sich hier sportlich weiterentwickeln zu können.

Nach einer kurzen Eingewöhnungsphase begannen der Bundestrainer Anton Ferber und Sebastian mit der Vorbereitung zur Deutschen Jugendmeisterschaft, die in diesem Jahr in Bielefeld stattfinden sollte. Da Anton Ferber neben seiner Aufgabe bei der LSV auch noch Vereinstrainer bei AS Pirin war, geriet er nicht in einen Gewissenskonflikt.

Das Zimmer, das Sebastian jetzt bewohnte, war natürlich nicht mit dem Kinderzimmer von daheim vergleichbar – fast etwas karg eingerichtet, und zudem war die Küche auf der Etage. Sebastian brauchte schon eine Weile, um sich in der neuen Situation zurechtzufinden. Die Trainingsergebnisse spiegelten den momentanen Zustand des jungen Hammerwerfers wider. Obwohl er nun zweimal täglich trainierte, gelang es ihm in den ersten Tagen nicht, seine Form zu stabilisieren. Was störend hinzukam, war dieser leicht süßliche Geruch, der vom Chemiewerk kommend über der ganzen Stadt hing.

„Das muss wohl Heimweh sein", sagte er vor sich hin, als bei ihm auch nach einer Woche noch keine Freude aufkam. Nur aufgeben gehörte nicht zu Sebastians

Charakter. Und so mogelte er sich in den nächsten Wochen regelrecht durch.

Das Ganze besserte sich erst, als Sebastian in eine eigene Wohnung umgezogen war. Jetzt hatte er wieder mehr Freiraum und so verbesserte sich seine Stimmung von heute auf morgen. Seit dem Wohnungswechsel lief es auf dem Sportplatz endlich rund und so stellten sich die ersten guten Resultate ein.

Es blieben noch genau zwei Wochen Zeit bis zu den Deutschen Jugendmeisterschaften in Bielefeld. Das Trainingspensum wurde steil nach oben gefahren und so kam auch das lange verloren geglaubte Selbstvertrauen wieder zurück. Anton Ferber war es gelungen, einige neue Passagen in den Bewegungsablauf seines Schützlings einzubauen. Das hatte zur Folge, dass dieses kurze Verharren nach der zweiten Drehung verschwunden war. Somit verschwand Sebastians Schwachpunkt, der ihn in der Vergangenheit oft aus dem Konzept gebracht hatte. Wesentlich optimistischer sahen die beiden nun die Meisterschaft auf sich zukommen. Vier Tage vor dem ersten Saisonhöhepunkt startete Sebastian noch bei einem Testwettkampf in Essen. Dort überzeugte der deutsche Jugendrekordhalter mit einer Siegesweite von 67,24 Metern. Und so fuhren Trainer und Athlet sehr zuversichtlich nach Bielefeld. Auffallend war, dass Anton Ferber auch einen Porsche fuhr, genauso wie Franz Wagner, Sebastians erster Trainer. Die Wagen unterschieden sich nur in der Farbe. Der Porsche 911 vom Bundestrainer war weiß. Da Bielefeld von Pirin nicht weit entfernt lag, entschlossen sich die beiden, keine

Unterkunft in Bielefeld zu buchen und jeweils zur Qualifikation und Entscheidung neu anzureisen.

Diesmal traten zweiundzwanzig Athleten zur Qualifikation an, bei der man eine Weite von sechsundfünfzig Metern erzielen musste. Sebastian gab sich diesmal keine Blöße und erzielte im ersten Durchgang eine Weite von 63,74 Metern und qualifizierte sich als zweitbester für das am nächsten Tag stattfindende Finale.

Durch die Heimfahrt nach Pirin und das erneute Anreisen am nächsten Tag verging die Zeit zwischen den beiden Veranstaltungen recht schnell und so kamen bei Sebastian keine großen Gedanken auf, die sein Ziel, deutscher Meister zu werden, noch in Gefahr bringen konnten.

Nach dem Einwerfen vor der Entscheidung war klar, dass es nur einen Sieger geben konnte. Und der hieß Sebastian Brandner. Und folgerichtig schlug der Hammer von Sebastian bei seinem ersten Versuch jenseits der Fünfundsechzig- Meter-Linie ein. Kurze Zeit spätere konnte man die Zahl 66,66 Meter auf der drehbaren Anzeigetafel lesen.

Alle Beteiligten wussten schon zu dem Zeitpunkt, dass dies bereits die Entscheidung gewesen war. Mit 67,12 Metern im vierten und 67,24 Metern im letzten Versuch bestätigte Sebastian seine Dominanz. Sebastian Brandner gewann die Deutsche Jugendmeisterschaft 1972 im Hammerwerfen mit über vier Metern Vorsprung.

Innerlich zufrieden verließen Trainer und Athlet nach der Siegerehrung das Stadion und fuhren zurück nach Pirin.

Dort hatte man heimlich eine kleine Siegesfeier vorbereitet, indem man dort den erfolgreichen Tag im kleinen Kreis noch einmal gebührend feierte. Für AS Pirin war es sehr wichtig, endlich einmal wieder einen deutschen Jugendmeister zu haben. Auf dieses Ereignis hatte man nun schon geraume Zeit warten müssen.

Am nächsten Tag wurde im Sportteil der örtlichen Tageszeitung Sebastians Titel groß besprochen. Glückwünsche und Ehrungen standen in den nächsten Tagen auf dem Programm. Sebastians Eltern waren sehr stolz auf ihren Sohn, der nach dem super Abiturzeugnis jetzt auch noch Deutscher Jugendmeister im Hammerwerfen geworden war. Marianne und Lothar hatten die Entscheidung in der *Sportschau* am Samstagabend im Fernsehen mitverfolgt.

Spontan setzte sich Lothar Brandner an den Schreibtisch und schrieb seinem Sohn einen Brief. Zwei Tage später öffnete Sebastian den Briefkasten und sah neben anderen Postsendungen einen Brief mit der geschwungenen Handschrift seines Vaters. Schnell sprang er in seine Wohnung hoch, die im zweiten Stock lag, und öffnete den Brief mit einem Kugelschreiber, der auf dem Tisch lag.

Mein lieber Sohn,

Deine Mutter und ich sind sehr stolz auf Dich. Neben Deiner Fähigkeit, dass Du die Hammerwurftechnik praktisch bis ins letzte Detail perfekt beherrschst, freuen wir uns noch mehr über die Tatsache, dass Du Deine hervorragende Leistung mit legalen Mitteln erzielt hast. Dein Sieg über Deine Konkurrenten war auch ein Sieg für den sauberen Sport und die Moral. Deine Mutter und ich schätzen Deine Entscheidung, keine Anabolika genommen zu haben, noch wesentlich höher als Deinen Sieg. ...

Neben ein paar organisatorischen Anmerkungen beendete Lothar Brandner den Brief an seinen Sohn mit der Bitte, sich doch hin und wieder einmal sehen zu lassen. Sebastian freute sich riesig über die Glückwünsche seiner Eltern und war froh, ihnen mit seiner Leistung ein wenig zurückgeben zu können, denn ohne die Unterstützung durch sein Elternhaus wäre der rasante Aufstieg sicher nicht möglich gewesen.

Er sah es auch als Anreiz an, sich weiter professionell auf die kommenden Aufgaben vorzubereiten. Im Oktober stand ja noch der Länderkampf gegen die USA an. Doch bis dahin war noch etwas Zeit. Zur Freude seiner Eltern kündigte Sebastian seinen Besuch für September an. Der Grund dafür waren die Olympischen Spiele in München. Für diese Großveranstaltung hatte sich Sebastian im Vorfeld ja bereits Eintrittskarten besorgt.

Die Eröffnungsfeier der Olympischen Spiele sahen sich die Brandners gemeinsam mit ihren Sohn im Wohnzimmer an. Lothar hatte spontan ein neues Fernsehgerät gekauft, um das Großereignis auch richtig genießen zu können. Sehr angetan von der Farbenvielfalt und der lockeren Atmosphäre beobachten die drei das

Geschehen im Olympiastadion, das das neue Gerät sehr lebendig im Zimmer erstrahlen ließ.

Durch die frische Art der Moderation von Joachim Fuchsberger kam bei Sebastian sofort der Gedanke auf, dass eine Teilnahme an den Olympischen Spielen als wohl größtes Sporterlebnis eines Athleten anzusehen wäre.

Nur bis er dieses Thema ernsthaft in seine Gedankenwelt aufnehmen konnte, musste er noch viele sportliche Prüfungen bestehen. Aber träumen kann ich doch schon einmal, dachte er sich und beteiligte sich wieder an der spontanen Diskussion, die immer zwischen den wunderbaren wechselnden Bildern aus dem Olympiastadion kurz aufflammte.

Auf die Bemerkung seiner Mutter, dass es doch sicher sein großes Ziel wäre, sich für die Olympischen Spiele zu qualifizieren, hatte er bereits gewartet.

„Ja, Mutter, träum weiter", antwortete Sebastian auf die insgeheim erhoffte Frage und nahm sie in den Arm, um sie zu drücken.

Sebastian genoss die Woche bei seinen Eltern. Die Treffen mit alten Freunden, die er länger nicht mehr gesehen hatte, die Fürsorge der Mutter und die täglichen Besuche im Olympiastadion bescherten dem Jungen schöne Tage in seiner alten Heimat. Besonders gespannt ging er am 16. September 1972 ins Olympiastadion, um sich die Entscheidung im Hammerwerfen der Männer live anzuschauen.

Seine Idole marschierten in Begleitung des farbenfroh gekleideten Kampfrichters in das bis zum letzten Platz gefüllte Olympiastadion ein. Die deutschen Hoffnungen lagen auf den Schultern von Herbert Bauer. Favorit war der Russe Vladimir Bandarikow, der auch die Weltrangliste mit 78,20 Metern anführte.

Die Atmosphäre im Stadion war in diesem Spätsommer einzigartig und so entwickelte sich ein richtig spannender Leichtathletikabend. Gewonnen hatte der große Favorit aus der UdSSR vor einem Polen und einem Amerikaner. Herbert Bauer platzierte sich als Sechster und war nicht ganz zufrieden.

Dieser Abend hatte bei Sebastian doch einen großen Eindruck hinterlassen und sein Traum, auch einmal an den Olympischen Spielen teilnehmen zu dürfen, festigte sich immer intensiver in seinem Kopf. Dieser Wunschgedanke wurde in ruhigen Phasen von Sebastians innerer Stimme zunehmend kritischer hinterfragt. Wie schaffen die Athleten solch eine fast übermenschliche Leistung? Wenn sich schon der gesamte Nachwuchskader der LSV mit verbotenen Mitteln versorgte, wie war das dann erst bei den Topathleten?

Diese Frage, die Sebastian sich bewusst gestellt hatte, beherrschte seine Vorstellungen doch zusehends und eine Antwort wollte er sich eigentlich gar nicht geben, da er sonst sicher sehr enttäuscht gewesen wäre. Um sich nicht zu quälen, verdrängte er die belastende Antwort und glaubte an die Unschuldsvermutung, die besagt, dass, solange man nichts nachweisen könne, der Athlet als sauber gelte.

Nach einer schönen Woche verabschiedete Sebastian sich von seinen Eltern und machte sich wieder auf den Weg nach Pirin, um in Kürze sein Chemiestudium zu beginnen.

Als sportliche Herausforderung stand noch der Juniorenländerkampf gegen die USA in Heidenheim auf dem Programm. Für diesen Event blieben Sebastian noch zwei Wochen Vorbereitungszeit. Anton Ferber und sein Schützling arbeiteten noch einmal ganz konzentriert, um sich im Nationaltrikot gut zu präsentieren.

Nach der kurzen, aber intensiven Vorbereitung reisten die zwei Piriner am Freitag vor dem Länderkampf nach Heidenheim, um sich im Mannschaftshotel zu treffen. Sebastian war mächtig stolz auf die Nominierung und freute sich sehr, dass er auch einmal das deutsche Nationaltrikot tragen durfte.

Als zweiter Hammerwerfer wurde von der LSV Bernhard Spengler nominiert. Bernhard lag an zweiter Stelle der deutschen Jugendbestenliste im Hammerwerfen mit 66,12 Metern.

Etwas aufgeregt ging Sebastian mit Bernhard zur Mannschaftsbesprechung, die im großen Salon stattfand. Dort wurde die Mannschaft vom Chef der Mission, Herrn Astinger, auf den morgigen Länderkampf gegen die Vereinigten Staaten von Amerika eingeschworen.

Aus dem vierzigköpfigen Aufgebot wurden noch ein Kapitän und ein Fahnenträger bestimmt.

Mit hochrotem Kopf und völlig überrascht nahm Sebastian die Aufforderung an, mit der deutschen Flagge am nächsten Tag in das Stadion einzuziehen. Als weiterer Tagesordnungspunkt stand noch der strategische Teil auf dem Programm.

Beim Hammerwerfen waren die amerikanischen Athleten den beiden deutschen bei den Vorleistungen um einiges voraus. John Plagnatt und Andrew Manny hatten ihre Bestleistungen nahe an der Siebzig-Meter-Linie.

Als nach neunzig Minuten keine Fragen mehr gestellt wurden, beendete Herr Astinger das Teamgespräch und so konnten die jungen Athleten gegen 23 Uhr ins Bett gehen. Die Aufregung war bei Sebastian sehr groß, und so schlief er in dieser Nacht sehr unruhig.

Die Motivation kam erst wieder, als er am nächsten Morgen mit dem nagelneuen Nationaltrainingsanzug in den Speisesaal trat. Ja, man konnte schon sagen, dass Sebastian dies so sehr genoss, dass er seinen Gang etwas veränderte.

Der Adler auf der Brust, das hat schon was, dachte er sich, als er mit allen anderen Mannschaftskollegen das Frühstück zu sich nahm. Gegen 9 Uhr gingen Bernhard und Sebastian noch einmal auf ihr Zimmer, um noch ein wenig zu schlafen.

Um 12 Uhr wurde noch ein leichtes Mittagessen eingenommen, bevor es dann mit dem Mannschaftsbus zum Stadion ging.

Das Stadion in Heidenheim war bereits gut besucht, als der Bus eintraf.

Da der Hammerwurfwettbewerb erst um 18 Uhr stattfand, hatten Bernhard und Sebastian noch Zeit. So untersuchten sie den Hammerwurfring nach seiner Beschaffenheit. Beide stellten fest, dass es sich um einen sehr schnellen Ring handelte, bei dem man die Drehung schön flüssig durchführen konnte.

Nachdem Sebastian noch einige Bekannte getroffen hatte, steuerte er dem Ziel, der Sammelstelle der deutschen Athleten, entgegen. Hier wurden noch einmal die Abläufe des Einmarsches besprochen, bevor es dann endlich losging.

Auffallend war, dass die Sportlerinnen und Sportler aus Amerika sehr locker an die Sache herangingen.

Sie scherzten und schäkerten bis kurz vor dem Einmarsch auf eine Art, die Sebastian in seiner Aufregung schon fast provozierend vorkam.

Unter den Klängen der Heidenheimer Jugendkapelle begannen die Sportler der beiden Nationen mit dem Einzug, der zunächst über die rote Tartanbahn bis zur Mitte des Stadions ging. Dort schwenkten sie dann zur Haupttribüne ein, bevor sie sich genau vor dem Rednerpult wieder geschlossen aufreihten.

Sebastian stand mit der deutschen Flagge rechts neben dem Podium, sein amerikanischer Kollege links.

Bevor die Jugendkapelle mit dem Spielen der Hymnen begann, mussten die versammelten Athleten noch einige Reden über sich ergehen lassen: zuerst vom Bürgermeister von Heidenheim, dann vom Ministerpräsidenten von Baden-Württemberg.

Anschließend sprachen noch die Delegationsleiter beider Verbände. Richtig befreiend begann das Jugendblasorchester mit dem Spielen der beiden Hymnen.

Durch das lange Halten der deutschen Flagge mit der rechten Hand hatten sich bei Sebastian schon erste Ermüdungserscheinungen eingestellt, was nicht unbedingt förderlich für seinen in zwei Stunden anstehenden wichtigen Wettkampf war.

Doch der Stolz, den er dabei empfand, verdrängte die leichten Schmerzen.

Nachdem sich die Anfangsformationen wieder aufgelöst hatten, besuchte Sebastian den Masseur der Nationalmannschaft, um sich seine Muskeln noch ein bisschen lockern zu lassen.

Genau sechzig Minuten vor dem Beginn seines Länderkampfdebüts ging er mit Bernhard und dem Bundestrainer auf den Nebenplatz des Stadions, um sich für seinen Auftritt fit zu machen.

Beim Warmlaufen hörte er über den Stadionlautsprecher den Zwischenstand der Länderwertung, bei dem die amerikanischen Gäste nach fünf Disziplinen bereits mit zehn Punkten in Führung lagen. Sebastian verdrängte dies und konzentrierte sich voll auf seinen in wenigen Minuten beginnenden Wettkampf. Nach einem kurzen Einschwören der beiden Athleten durch den Bundestrainer Anton Ferber verließen die zwei Piriner den Warmlaufplatz und trafen an der Athletensammelstelle auf ihre amerikanischen Gegner.

John und Andrew waren ihren deutschen Mitstreitern nicht nur leistungsmäßig überlegen, nein, auch die körperlichen Ausmaße waren unübersehbar. Nach einigen kurzen Worten wurden die vier ins Stadion geführt. Das Einwerfen gelang Sebastian an diesem Tag ausgezeichnet und so freute er sich auf die Entscheidung, die jetzt unmittelbar bevorstand.

Die weiterhin hervorragenden Ergebnisse der amerikanischen Gäste und den immer größer werdenden Punkteabstand vernahm Sebastian nur am Rande, da er vor Konzentration nur so strotzte. Seine positive Stimmung wurde noch von der Wahrnehmung des Einwerfens unterstützt, bei dem seine Würfe nicht wesentlich schlechter waren als die seiner übermächtig erscheinenden amerikanischen Gegner.

Bernhard Spengler begann den Länderkampf mit einem guten Wurf von 66,24 Metern. Andrew Manny konterte mit 67,88 Metern und setzte sich an die Spitze des Feldes. Als nächstes machte sich nun Sebastian für seinen ersten Versuch fertig. Da es zu dem Zeitpunkt keine weiteren Aktionen im Stadion gab, konzentrierte sich der Stadionsprecher voll auf Sebastian Brandner. Vor Wochen wäre Sebastian diese Art der Wurfvorbereitung noch sehr lästig vorgekommen, heute, mit dem deutschen Adler auf der Brust, empfand er es als extrem motivierend. Locker über dem Kopf schwang Sebastian sein Wurfgerät in die erste Drehung hinein. Sein Rhythmus begleitete das exakte Setzen der Beine optimal und so drehte sich Sebastian in einen wahren Wurfrausch hinein, der dann noch mit einem ausgezeichneten Stützabwurf endete.

Sebastian wusste bereits beim Loslassen des Hammers, dass dieser Versuch zu den besten gehörte, die er bis dahin geworfen hatte. Durch die Aufmerksamkeit, die der Stadionsprecher im Vorfeld auf den Hammerwurfring gelegt hatte, verfolgte das ganze Stadion den einzigartigen Wurf und begleitete den Einschlag auf der Siebzig-Meter-

Linie mit einem ohrenbetäubenden Aufschrei, der sich sofort in einen lang anhaltenden Beifallsturm umwandelte. Nur Sebastians Gefühlslage konnte die Superweite noch übertreffen.

Nach einer kurzen Stille im Stadion entbrannte wieder ein lauter Aufschrei, als der Stadionsprecher die Weite von 70,12 Metern noch mit den Worten „neuer deutscher Jugendrekord" ergänzte.

Den Rest seines Länderkampfdebüts genoss Sebastian in vollen Zügen, nahm sehr stolz die Glückwünsche seiner übermächtig erscheinenden amerikanischen Gegner entgegen, und auch alle anderen Menschen, die sich in seinem Bereich aufhielten, versäumten es nicht, ihm zu dieser gelungenen Aktion zu gratulieren.

Sebastian gewann seinen bis dahin wichtigsten Wettkampf mit einem guten Meter Vorsprung vor John Plagnatt, der sich noch auf 69,08 Meter verbesserte. Bernhard hielt sich ebenfalls gut und beendete den Wettkampf als dritter, noch vor Andrew Manny. Deutschland verlor das Kräftemessen mit Amerika haushoch mit 64:156 und hatte nur zwei Einzelsiege zu verbuchen. Neben Sebastian gewann noch Michael Wildfischer den Hochsprung der Junioren mit hervorragenden 2,18 Metern.

Das Bankett am Abend und die Fahrt zurück im Auto nach Pirin rundeten Sebastians schönsten Sportlertag wunderbar ab. Besonders stolz war er, als der Radiosprecher des Süddeutschen Rundfunks im Anschluss an die Weltnachrichten das Ergebnis des

Länderkampfes Deutschland gegen die Vereinigten Staaten von Amerika bekannt gab.

Die Meldung endete mit den Worten: „Die beiden einzigen Siege für das deutsche Team erzielten Michael Wildfischer und Sebastian Brandner."

Kurze Zeit später fielen dem Länderkampfsieger die Augen zu und so kam Sebastian schlafend gegen Mitternacht in Pirin an. Völlig übermüdet, aber überglücklich, betrat Sebastian seine Wohnung, wo er den wunderbaren Tag ausklingen ließ.

Die Zeitungen brachten am nächsten Morgen die Leistung von Sebastian groß heraus. Selbst im überregionalen Teil bekam er großen Zuspruch.

In den darauffolgenden Tagen war sein Terminkalender voll: Interviews mit verschiedenen Zeitungen, der Empfang beim Bürgermeister und ein Hineinschnuppern in die Schicki-Micki-Szene.

Nachdem die Feierlichkeiten abgeklungen waren, widmete sich Sebastian wieder mehr seinem Studium. Für die nächsten vier Wochen war eine Trainingspause mit dem Bundestrainer vereinbart worden.

Nun konnte er sich einmal all den Themen widmen, die er bis dahin aufgrund seiner sportlichen Aktivitäten nicht in Angriff hatte nehmen können. An der Uni erkannte er schnell, dass er hier in kurzer Zeit bereits einiges versäumt hatte. Diesen Rückstand musste er erst einmal aufholen, bevor er sich mit anderen Dingen befassen konnte. Seine Studienkollegen und die Dozenten unterstützten ihn mit vereinten Kräften und so konnte sich Sebastian nach einigen Wochen auch an der Uni mit allen wieder messen.

Sein Umfeld hatte er sich so gestaltet, dass er für die weitere Zukunft keine großen Probleme sah. Seine Sportkameraden von AS Pirin und einige Studenten gingen gern mit Sebastian aus, da er ein angenehmer Gesprächspartner war.

Seine sportlichen Erfolge hatten keinen negativen Einfluss auf sein Wesen genommen. Die Zeit mit den anderen tat ihm gut, denn dabei konnte einmal für einen gewissen Zeitraum abschalten und seine Seele baumeln lassen.

Eines Abends, als Sebastian gerade zu Hause den Stoff von der Uni noch einmal durchging, rief ihn der Bundestrainer an. Er vereinbarte mit Sebastian einen Termin, bei dem sich die beiden über das nächste Sportjahr unterhalten wollten.

Zwei Tage später trafen sich die beiden im Stadtcafé und unterhielten sich sehr angeregt über die Zukunft. Anton Ferber versuchte neben den normalen organisatorischen Abläufen immer wieder, Sebastian für das Thema Ernährung zu begeistern. Er sprach sehr kritisch über das zu geringe Körpergewicht seines Schützlings, der ja im kommenden Jahr in die Männerklasse aufrücken sollte und dann sicher große Probleme mit dem schwereren Wurfgerät bekommen würde.

Sebastian war noch so im Erfolgsrausch seines Länderkampfsieges gegen die starken Amerikaner, dass er dem Versuch seines Trainers, ihn körperlich weiterzubringen, keine Chance ließ. Anton Ferber war klar, dass Sebastian, wenn er im nächsten Jahr keine Ergänzungsmittel zu seiner normalen Ernährung zu sich nehmen würde, bald in der Normalität verschwände.

Das hat heute keinen Sinn, dachte sich der Bundestrainer, als er den Verlauf der Diskussion nach kurzer Zeit analysierte. So beschränkte er sich an diesem Tag auf das schon erwähnte Organisatorische.

Auf dem Heimweg bemerkte der Bundestrainer die unbekümmerte Art seines Athleten, die es wohl in der nächsten Zeit unmöglich machen würde, Sebastians Körper mit unterstützenden Mitteln zu der Stärke zu bringen, die er brauchen würde, um sein Potential weiter zu steigern. Mit dieser Ungewissheit und der Entschlossenheit seitens Sebastians war es für Anton Ferber fast nicht möglich, für seinen Schützling eine positive Zukunftsprognose zu erstellen.

Eigentlich paradox, da hat man nach so langer Zeit endlich einen jungen Athleten, der alles mitbringt, um in ein paar Jahren international ganz nach oben zu kommen, und dann sperrt er sich gegen die Pharmazie, die doch heute von allen Athleten genommen wird, dachte Anton Ferber. Mit einem lauten „Schade" beendete der Bundestrainer das Thema für sich und sperrte seine Wohnungstür auf.

Durch das Aufstellen von Trainingsplänen und weitere Büroarbeiten verdrängte er seine Gedanken, die immer wieder auf das Thema des letzten Gespräches mit Sebastian kamen. Gott sei Dank war es seinem Athleten gar nicht aufgefallen, dass er ihn auf die Anabolikaschiene bringen wollte.

Mit Anton Ferbers großer Unsicherheit und der positiven Unbekümmertheit seines Athleten begannen die zwei am 15. November das Wintertraining für die Saison 1973. Anfang Dezember sollte der erste Lehrgang der LSV für die Hammerwerfer stattfinden. Bei den Tests für die einzelnen Kraftwerte bestätigte sich die Vorahnung des Bundestrainers. Sebastian Brandner hatte sich im Vergleich zum letzten Jahr leicht verbessert, aber keine Chance gegenüber seinen Kadermitgliedern, die sich körperlich und optisch hervorragend weiterentwickelt hatten. Alle Werte, die Sebastian im letzten Jahr erzielt hatte, wurden diesmal von allen anderen Hammerwerfern übertroffen. Auch das erste Wurftraining gestaltete sich ähnlich.

Obwohl Sebastian nach wie vor mit seiner Technik brillierte, kamen die anderen bedrohlich nahe an seine Leistungen heran. Der große physische Unterschied machte sich bei dem um ein Kilo schwereren Hammer überdimensional bemerkbar.

Sebastian verdrängte die Realität und schob das schlechte Ergebnis auf ein Formtief, das sicher in Kürze wieder verschwinden würde.

Mit der neuen Erkenntnis, dass Sebastian kein Übermensch war und auch zu schlagen sei, verabschiedeten sich die Kadermitglieder vom Lehrgang und fuhren wieder nach Hause.

Das Problem, das jetzt noch auf den Bundestrainer zukam, war wohl kaum zu toppen.

Vor der Zusammenarbeit der beiden war Sebastian seinen gleichaltrigen Hammerwerfern haushoch überlegen gewesen. Jetzt, da Sebastian tagtäglich mit Anton Ferber trainierte, verlor er immer mehr an Boden.

Aufgrund dieser peinlichen Situation musste der Bundestrainer reagieren, denn sonst würde seine Autorität schwer darunter leiden. Aber was sollte er tun? Sollte er die gemeinsame Trainingsarbeit mit Sebastian wieder beenden? Sollte er ihm ein Ultimatum stellen? Oder sollte er es einfach so weiterlaufen lassen?

Anton Ferber wusste es nicht. Aus dieser Unsicherheit heraus kamen jetzt schwierige Wochen auf den Bundestrainer zu. Die LSV erwartete von Anton Ferber, dass sich zwei deutsche Hammerwerfer für die im kommenden Jahr stattfindenden Junioren-Europameisterschaften qualifizierten, von denen zumindest einer unter die ersten acht kommen sollte. Falls nicht, würden sich die Zuschüsse der Deutschen Athletenhilfe und die des Staates drastisch reduzieren.

Allein diese Tatsache ließ alle moralischen Bedenken in den Hintergrund treten. Denn eines war klar: Um langfristig erfolgreich zu sein, musste man im eigenen Lager flächendeckend dopen. Zu diesem Entschluss kam der Bundestrainer nach vielen schlaflosen Nächten und er musste Sebastian ein Ultimatum stellen.

Anton Ferber war sich noch nicht im Klaren darüber, wie er seinem Athleten den neuen Sachverhalt beibringen sollte. Nach reiflicher Überlegung kam er zu dem Entschluss, Sebastian einen Brief zu schreiben. Das hatte den Vorteil, dass er ohne unterbrochen zu werden seine Gründe in aller Ausführlichkeit darlegen konnte.

Für den Bundestrainer war die Situation extrem nervenaufreibend. Er trainierte zwar täglich mit Sebastian, obwohl er innerlich schon längst diese Verbindung gelöst hatte. Die Anweisungen und Korrekturen hatten jetzt mehr einen Alibicharakter und kamen ohne große Emotionen bei dem Athleten an.

Sebastian bemerkte diese Veränderung natürlich auch und sprach seinen Trainer diesbezüglich nach einer Trainingseinheit an. Der Zufall wollte es, dass der Bundestrainer vor diesem Training seinen mehrmals begonnenen und hundertfach korrigierten Brief in die Post gegeben hatte.

„Das trifft sich ja gut", beantwortete Anton Ferber Sebastians Frage, was denn eigentlich in den letzten Wochen mit ihm los sei. Ganz ruhig und bedacht führte der Bundestrainer, der ja auch noch Sebastians Heimtrainer war, das längst überfällige Gespräch über die Zukunft der beiden. Er machte es sich nicht leicht und versuchte Sebastian die für ihn prekäre Situation zu erläutern.

In der einstündigen Unterhaltung wurde von Seiten des Bundestrainers absolut Klartext gesprochen. Sebastian traf die Entscheidung wie ein Blitz. Mit so einer Antwort hatte er beileibe nicht gerechnet. Selbstverständlich hatte sich der junge Athlet auch Gedanken über seine Situation gemacht. Ihm war wie allen anderen auch aufgefallen, dass der gesamte Hammerwurfkader leistungsmäßig näher zusammengerückt war. Nur ordnete er diesen momentanen Zustand seinem kleinen Formtief zu.

Als dann alles gesagt war, kündigte Anton Ferber noch den Brief an Sebastian an, den dieser voraussichtlich am nächsten Tag erhalten würde. Nach einem festen Händedruck und einem Gruß trennten sich die beiden.
Sebastian lief mit seiner Sporttasche in der Hand einfach los und hatte kein Ziel.
Er konnte die Entscheidung nicht verstehen und suchte nun für sich nach der Erklärung, die zumindest ihm eine logische Antwort auf seine vielen Fragen geben konnte.
An diesem Abend fand er sie nicht mehr und so kam er nach einem langen, nach Antworten suchenden Gang durch Pirin in seiner kleinen Wohnung an.
Warum, wieso, weshalb?
Diese Fragen stellte er sich bis spät in die Nacht hinein. Selbst eine Flasche Rotwein konnte Sebastian nicht ablenken und so kämpfte er sich mit großer Unruhe und einer Menge Selbstzweifeln durch die Nacht.
Durch die Ereignisse vom Vortag und den wenigen Schlaf entschloss sich Sebastian, an diesem Tag nicht zur Uni zu gehen.
Als ob es noch nicht reichte, bekam er nun auch noch den Brief seines ehemaligen Trainers zum Frühstück serviert. In dem Schriftstück waren die Themen des gestrigen Tages noch einmal in zusammengefasster Form nachzulesen.
Für den jungen Athleten war es nicht nachvollziehbar, dass man gerade ihm die Unterstützung von Seiten der LSV in Zukunft verwehren wollte. Schließlich hatte er eine sehr erfolgreiche Saison hinter sich. Deutscher Jugendmeister im Hammerwerfen, deutscher Jugend-

rekord im Hammerwerfen und noch den prestigeträchtigen Sieg im Länderkampf gegen die Vereinigten Staaten von Amerika. Sebastian Brandner war der erfolgreichste Nachwuchsathlet der LSV in der vergangenen Saison gewesen! Doch Erfolge aus der Vergangenheit sind für künftige Großereignisse eher hinderlich, da man sich zu gern auf diesen ausruht; diese These wurde von den anderen Funktionären der LSV geteilt.

Die spektakuläre Trennung wurde von der Presse in den nächsten Tagen ausgiebig diskutiert. Das Ende des erfolgreichsten Leichtathletikteams war in jeder großen deutschen Tageszeitung zu lesen.

Das Schlimme an der Berichterstattung war für Sebastian, dass der eigentliche Grund der Trennung in keiner Weise in den Berichten genannt worden war. Menschliches Zerwürfnis, unterschiedliche Auffassungen der weiteren Zusammenarbeit und Heimweh des Athleten waren die Hauptgründe, die die Gazetten schmückten.

Die Menschen werden von den Zeitungen so manipuliert, und keiner macht da etwas dagegen, sagte sich Sebastian, und diese Erkenntnis schmerzte am meisten.

Der junge Athlet war chancenlos gegen das Kartell, das aus der LSV, der Politik und der Presse bestand und in der Öffentlichkeit nur den sauberen Sport zelebrierte.

Alle, die mit dem Sport intensiver zu tun hatten, deckten diese unsauberen Machenschaften. Und in dieser Zwickmühle befand sich Sebastian nun. Würde er die tatsächliche Praxis, nämlich das flächendeckende Doping von Nachwuchsathleten, nach außen tragen, würde ihm

keiner glauben, und von dem Moment an würde er ein Nestbeschmutzer sein, den man auf keinem Sportplatz mehr sehen wollte. Mit dieser Heuchelei und der Täuschung von vielen Millionen Menschen wollte Sebastian nichts zu tun haben und stellte deshalb in der nächsten Zeit sein Training ein.
Sein etwas vernachlässigtes Chemiestudium stand jetzt wieder im Mittelpunkt seiner Aktivitäten. Hier fand er vorübergehend den Halt, der ihn auf andere Gedanken brachte. Die Prüfungen zum Schluss des ersten Semesters gelangen ihm gut, und so verließ er Pirin, um die Semesterferien bei seinen Eltern in Gerching zu verbringen.

◆ ◆ ◆

Auf das Wiedersehen mit ihnen freute sich Sebastian ganz besonders, denn Marianne und Lothar Brandner waren die einzigen, die ihren Sohn in der schweren Zeit mit langen Telefongesprächen und vielen aufmunternden Aktionen unterstützt hatten.
So heftig und innig war noch keine Begrüßung zwischen den dreien ausgefallen. Marianne wollte ihren Sohn gar

nicht mehr loslassen und viele Tränen rollten ihr nur so über die Wangen.

Nach dem Kaffeetrinken besuchte Sebastian seine Freunde, die noch im Ort geblieben waren. Es war für ihn wichtig, dass er sich mit seinen alten Weggefährten über ihre ungezwungene Jugendzeit unterhalten konnte. Viele Fragen musste er beantworten und da er seine Antworten ungeschminkt darlegte, konnte man in den Gesichtern seiner Freunde großes Staunen sehen. Fassungslos hörten sie ihrem Schulfreund zu und konnten sich erst allmählich in seine Situation hineinversetzen.

Als Sebastian gegen 22 Uhr nach Hause kam, war er innerlich zufrieden, da er nach so langer Zeit erstmals mit jemandem über sein Martyrium hatten sprechen können. Sebastians Eltern hatten in der Zeit frei, und so konnten sie sich etwas intensiver ihrem Sohn widmen.

Die Gespräche im Hause Brandner waren für alle Beteiligten sehr förderlich. Lothar und Marianne wollten ihren Sohn überreden, sich wieder mit dem Hammerwerfen in irgendeiner Art zu befassen. Sie sahen noch das Talent und vor allem die Erfolge, auf die sie doch so stolz waren.

Anfangs verdrängte Sebastian das Thema, da er immer noch sehr verletzt war. Durch das Leben im Elternhaus und den Umgang im Ort mit seinen Freunden lockerte sich seine Stimmung, und das Thema Hammerwurf war nach ein paar Tagen kein Tabu mehr. Das abendliche Philosophieren mit seinen Eltern über den Sinn des Lebens und welche Lehren man daraus ziehen sollte, motivierte den Studenten, aus seinem sportlichen Schneckenhaus etwas herauszukommen. Meist tranken die drei noch ein gute Flasche Rotwein dazu, wobei sich die eine oder andere kleine Hemmschwelle noch löste.

Nach einer guten Woche war es Sebastians Eltern tatsächlich gelungen, ihren Sohn wieder auf die Hammerwurfschiene zu bringen. Der gemeinsam gefasste Plan sah folgendermaßen aus: Bis zum Semesterbeginn im Herbst des Jahres 1973 wohnte Sebastian bei seinen Eltern.

Er sollte wieder zum VFL Gerching wechseln und in den nächsten Wochen erneut mit Franz Wagner trainieren. Grundlage und Ziel dieser außergewöhnlichen Aktion war, allen noch einmal zu zeigen, dass man auch ohne Doping Erfolg haben konnte. Als Großereignis standen noch die Junioren-Europameisterschaften in Duisburg auf dem Leichtathletikkalender, die im August stattfinden sollten.

Franz Wagner war nach einigen Eskapaden noch einmal zu Hause eingezogen und ebenfalls froh, wieder mit Sebastian trainieren zu können. Als größtes Problem stellte sich nach ein paar Tagen des Trainings heraus, dass der Männerhammer für Sebastian fast zu schwer war und er daher keine große Weite im Training erzielen konnte.

Die Qualifikationsweite wurde von der LSV auf fünfundsechzig Meter festgelegt. Die Trainingsweiten mit dem über ein Kilogramm schwereren Hammer lagen nach den ersten zwei Wochen gerade einmal bei achtundfünfzig Metern. Leicht enttäuscht, aber immer noch frohen Mutes gingen die nächsten Trainingstage ohne große Verbesserung vorbei. Das einzige, was Sebastian noch am täglichen harten Training hielt, war der Trotzgedanke, der ganz tief in ihm weiter nach der Gerechtigkeit suchte, ohne aber die Realität ganz verdrängen zu können.

Nach zwei weiteren Wochen war Sebastian bei sechzig Metern angelangt. Körperlich total am Ende, aber von einem unheimlichen Willen weiter angetrieben, trainierten Franz und sein Schützling fast rund um die Uhr, um doch noch das Unmögliche zu schaffen.

Mit seinen Wurfschuhen ging Sebastian zum Schuster, um auch hier noch ein paar entscheidende Zentimeter herauszuholen. Sein Hammerwurfhandschuh wurde mit einem stärkeren Leder versehen und auch am Hammergriff glaubten die beiden noch eine Verbesserung gefunden zu haben. Es half nichts!

Entnervt gab das Duo eine Woche später auf. Sebastian fuhr aber trotz allem noch zu einer Ausscheidung nach Stuttgart, die am 12. August stattfand.

Und da standen sie vor ihm, die gezüchteten Jungs mit ihren Anabolikakörpern, und bei keinem seiner ehemaligen Kaderkollegen war mehr einen Hals zu erkennen. Die Köpfe saßen direkt auf den überbreiten Schultern. Ungläubig musterte Sebastian diese Fleischberge und ihm wurde dabei fast schlecht.

Erwartungsgemäß schaffte Sebastian die Qualifikation zur Junioren-Europameisterschaften nicht. Er belegte einen guten vierten Platz mit einer Weite von 61,12 Metern.

Gewonnen hatte sein Pirinеr Vereinskamerad Bernhard Spengler mit einer Weite von 66,08 Metern. Zweiter und ebenfalls für die Europameisterschaft qualifiziert wurde sein Hammerwurfkumpel Johannes Metzeler vom VFB Stuttgart mit einer Weite von 65,88 Metern.

Aber alle Anwesenden sahen einen Sebastian Brandner, der technisch eine Augenweide war. Da sein Körpergewicht nur bei neunzig Kilogramm lag, war es unmöglich, in den Kampf um die Tickets für die Europameisterschaft einzugreifen. Bernhard und Johannes wogen gut dreißig Kilo mehr und wuchteten deshalb das Wurfgerät auf die geforderte Weite.

Am Rande der Veranstaltung suchte Anton Ferber noch einmal das Gespräch mit seinem ehemaligen Schützling. Inzwischen war einige Zeit vergangen und beide hatten den richtigen Abstand gefunden, um sich normal unterhalten zu können. Der Bundestrainer erläuterte noch einmal seine Lage und entschuldigte sich bei Sebastian für den schlechten Abgang, den er beileibe nicht verdient hatte.

Im Verlauf des Gespräches signalisierte Anton Ferber seinem ehemaligen Athleten mehrfach, dass, wenn er seine Meinung über die Nahrungsergänzungsmittel änderte, er jederzeit wieder ein gern gesehener Athlet in Pirin sei. Dem Bundestrainer war klar, dass bei den beiden qualifizierten Athleten keine große Zukunft zu erwarten war. Sie würden bei siebzig Metern enden, prognostizierte er Sebastian. Um aber international konkurrenzfähig zu sein, müsse man aber nahe an die achtzig Meter heranwerfen.

„Und ich sehe in ganz Deutschland nur einen, der das könnte, und das wärst du mit der richtigen Ernährung!"
Diesen Satz würde Sebastian nicht so schnell vergessen, hoffte der Bundestrainer, als er ihm zum Abschied die Hand gab und ihm noch alles Gute wünschte.
Leicht verunsichert traten Franz und Sebastian die Heimreise an. Sie wussten nicht, wie es weitergehen sollte. Nach dem Ausscheidungswettkampf hatte Sebastian von der Leichtathletik erst einmal die Nase voll. Er erholte sich von den letzten schweren Wochen, in denen er fast ausschließlich trainiert hatte. Seine Eltern schenkten ihm einen dreiwöchigen Urlaub in Thailand, um auf andere Gedanken zu kommen. Das Urlaubsziel hatte Sebastian bewusst gewählt, da es gar nicht so weit von Australien entfernt war. Er hatte Christina seit über einem Jahr nicht mehr gesehen, da sie nach wie vor in Melbourne studierte. Der Kontakt war nie ganz abgebrochen und so wusste Christina von Sebastians schwerer Zeit. Mit großer Freude nahm sie das Angebot von Sebastian an, sich in Thailand zu treffen.
Sie konnten es so organisieren, dass ihre Flüge fast zeitgleich in Phuket landeten. Beide hatten die Vorfreude mit in den Flieger genommen und so waren die rund zehn Stunden Flug für Sebastian fast zu kurz, um sich mit dem plötzlichen Treffen den langersehnten Wunsch zu erfüllen.
Sebastian genoss es sichtlich, als ihm ein gut gelauntes, braungebranntes, hübsches, blondgelocktes junges Mädchen mit offenen Armen entgegenlief. Kurz vor der innigen Umarmung ließen die zwei ihr Handgepäck auf

den Boden fallen und genossen das Wiedersehen auf ihre persönliche Art.

Nachdem die Koffer geholt und die Habseligkeiten aufgesammelt waren, fuhren die beiden mit dem Taxi zu ihrem Urlaubsparadies. Sie wohnten in einer neuen Bungalowanlage, die inmitten eines Kiefernwaldes lag und mit zwei wunderbar gelegenen Swimmingpools ihr Leben zu einem Genuss werden ließ.

Christina und Sebastian hatten sich eine Menge zu erzählen und dieses Defizit, das beide in der letzten Zeit offenbar gehabt hatten, wurde an einzigartigen Plätzen und bei einem wunderbaren Ambiente gestillt.

Ihre Gefühle, die sie sich etwa ein Jahr lang nicht in der gewünschten Form hatten zeigen können, taten ein Übriges.

Sebastian konnte in dem atemberaubenden Umfeld mit Christina über alles reden, was ihn noch belastete.

Diese Gespräche waren für ihn besonders wichtig, um sich von den Altlasten zu befreien. Seine alte Schulkameradin war eine gute Zuhörerin und unterbrach ihn nur ganz selten. Diese Wochen, die von Harmonie und Lust geprägt waren, vergingen wie im Flug und so trennten sie sich sehr wehmütig, aber auch frisch motiviert am Flughafen voneinander.

Der Alltag hatte Sebastian bald wieder in seinen Fängen und so verabschiedete er sich Anfang Oktober von seinen Eltern und fuhr zurück in seine Studentenwohnung nach Pirin, um an der Kölner Uni sein zweites Semester zu beginnen. Durch das fast gänzliche Zurückfahren seiner sportlichen Aktivitäten und das intensivere Lernen profitierte Sebastian natürlich und schrieb bei fast allen Prüfungen die beste Arbeit.

Durch sein sportliches Kürzertreten veränderte sich auch sein Freundeskreis in der Stadt. Trotz dieser Neuerung, die er sichtlich genoss, trainierte er noch zweimal pro Woche mit seinen Hammerwurfkollegen. Bei den Zusammentreffen mit seinen alten Sportfreunden bestätigte sich sein Entschluss, keine Anabolika genommen zu haben, jedes Mal.

Nicht nur, dass Bernhard und Johannes, der jetzt auch für AS Pirin startete, immer unförmiger wurden und vor lauter Kraft kaum mehr laufen konnten, nein, auch der Zeitaufwand, den die beiden betrieben, war so enorm, dass sie keine Zeit mehr hatten, sich anderen sinnvollen Dingen zu widmen.

Das Wintersemester verlief für Sebastian ohne Probleme, wie man von den Prüfungsnoten ablesen konnte.

Die vielen schönen wilden Streifzüge durch die Kölner Studentenkneipen, die Besuche in verschiedenen Galerien, nächtelange Diskussionen über zukunftsorientierte Themen und der eine oder andere One-Night-Stand bescherten dem jungen Bayern die lang ersehnte Lebensqualität. In den folgenden Semesterferien fuhr Sebastian nicht nach Hause, sondern blieb in Pirin und jobbte im Chemiewerk. Seine Freizeit war mit kulturellen Themen wie Theaterbesuchen und Open-Air-Konzerten in der Umgebung meist gut ausgefüllt. Er ließ es sich aber nicht nehmen, zwei- oder dreimal pro Woche auf dem Sportplatz zu erscheinen, um mit seinem mittlerweile zum Hobby gewordenen Hammerwurftraining die körperliche Fitness aufrechtzuerhalten.

Er erkannte bei den lockeren Trainingseinheiten wieder ein kleines Lustgefühl, ohne aber an mehr zu denken. Bei kleineren Sportfesten im Bergischen Land erzielte er durchaus ansehnliche Ergebnisse.

Es reichte nicht, um mit seinen Sportkameraden Johannes und Bernhard mithalten zu können, aber der Abstand zu ihnen war nicht so groß, um nicht im Hinterkopf den Gedanken zu haben, sie mit etwas mehr Trainingsbereitschaft wieder besiegen zu können. Diesen Gedanken behielt er aber für sich. Die Kadermitglieder hatten bei den letztjährigen Junioren-Europameisterschaften eher enttäuschend abgeschnitten. Beide überstanden die Qualifikation nicht und so war der Bundestrainer sehr enttäuscht. Da aber beide an die siebzig Meter warfen und keine besseren deutschen Nachwuchsathleten nachkamen, arbeitete Anton Ferber weiter mit ihnen.

Bei Sebastian war es ganz anders. Obwohl er sein Training enorm reduziert hatte, steigerte er sich auch in diesem Jahr um über zwei Meter. So belegte er bei den Mittelrhein-Meisterschaften einen guten dritten Platz hinter Bernhard und Johannes mit bemerkenswerten 65,22 Metern.

Als die drei auf dem Siegespodest standen, konnte man die unterschiedlichen körperlichen Proportionen gut erkennen.

Eine ähnliche Reihenfolge ergab sich bei den Deutschen Juniorenmeisterschaften, bei denen Bernhard mit 68,20

Metern vor Johannes mit 67,88 Metern gewann. Sebastian erreichte mit genau sechsundsechzig Metern einen guten sechsten Platz. In unregelmäßigen Abständen kam es immer wieder zu Gesprächen zwischen dem Bundestrainer und Sebastian, bei denen es um viele Dinge des Lebens ging, aber auch immer wieder ums Hammerwerfen. Anton Ferber hatte seinen Traum noch nicht aufgegeben, Sebastian wieder zurück in den Hammerwurfring zu bringen, und so wurden zwischendurch immer wieder schüchterne Versuche unternommen, um ihn umzustimmen. Sebastian war aber noch nicht so weit, um in der Angelegenheit seine Einstellung zu ändern, und so biss sich der Bundestrainer immer wieder die Zähne aus. Und so verging der Sommer 1974 ohne große sportliche Aktionen.

Ein kurzer Besuch in Gerching bei seinen Eltern beendete die Semesterferien und so nahm Sebastian mit großer Motivation das dritte Studienhalbjahr in Angriff. Gelegentliche Briefe von und nach Australien zu Christina erhellten seinen Tagesablauf immer wieder. Das dritte Semester erforderte noch mehr Einsatz von dem Studenten und so war der Winter das erste Mal von verstärktem Lernen geprägt.

Um auch einen körperlichen Ausgleich zu haben, ging Sebastian montags, mittwochs und samstags jeweils für zwei Stunden in ein Fitnessstudio. Hier konnte er gut abschalten und so verließ er das Studio meist in einer positiven Stimmung. Die Kraftwerte steigerte er in angemessener Form und auch sein Äußeres entwickelte sich weiter.

Das einzige, was ihn am Fitnessstudio störte, waren die Verkäufe von eindeutig anabolen Pillen durch den Betreiber unter der Ladentheke an viele der Muskelmänner. Auch ihm wurden diese Drogen des Öfteren angeboten, die er aber vehement ablehnte. Der Mix aus Lernen und körperlicher Ertüchtigung war für Sebastian zu dieser Zeit die ideale Zusammensetzung. Innerlich sehr gefestigt baute er sein Selbstvertrauen weiter aus. Grund dafür waren die guten Noten bei den Semesterprüfungen und der ständige natürliche Muskelaufbau, der seinem Äußeren gut stand.
Die zum Schluss des dritten Semesters anstehenden Scheine schaffte er mit Bravour und so lebte er lässig in den Tag hinein, bis er an einem schönen Maitag gegen Mittag wieder mal einen sehnlichst erwarteten Brief von Christina öffnete.
Das mit mehreren bunten Briefmarken versehene Kuvert war diesmal wesentlich dicker als die letzten Male. Nach einer lieben Begrüßung las Sebastian den Rest des mit einer schwungvollen Handschrift geschriebenen Briefes aus Australien.
Seine anfängliche Vorfreude wich langsam und im weiteren Verlauf des Textes stockte ihm fast der Atem. Christina löste ihre wunderbare Liebesbeziehung auf und hatte dies in einem sehr persönlichen Schreiben mit allen ihren vorhandenen Emotionen ausgeführt. Sebastian legte den Brief zu Seite und saß wie gelähmt auf dem Stuhl. Er war geschockt! Ihm war natürlich klar gewesen, dass so eine Fernbeziehung auch Risiken barg, aber mit diesen so überraschend konfrontiert zu werden versetzte

ihm einen gewaltigen Schlag. Beide hatten ihre Beziehung sehr locker gesehen, und mit gelegentlichen Affären hatte keiner der beiden ein Problem gehabt. Nun aber traf ihn diese Situation völlig unvorbereitet.

In dem Brief schilderte Christina Sebastian den Grund für die Trennung sehr ausführlich. Chia Lee, ein Koreaner, Student der Griechischen Mythologie, gefiel Christina so gut, dass sie im Juli mit ihm nach Seoul ziehen würde, um dort ihr Studium zu beenden.

Damit musste Sebastian erst einmal fertigwerden. Er versuchte die ganze Angelegenheit zu verdrängen oder ihr keine Bedeutung mehr beizumessen. Es gelang ihm nicht.

Ein weiteres Problem, das Sebastian in der Zeit hatte, war seine Einsamkeit. Er hatte niemanden, mit dem er sich in irgendeiner Art austauschen konnte.

Seine Eltern waren über fünfhundert Kilometer entfernt, zudem hatte er auch etwas Angst, ihnen die Trennung zu gestehen. Bei AS Pirin war er für niemanden mehr interessant, da er sportlich in der zweiten Reihe stand, und das Fitnessstudio war doch nur von Selbstdarstellern belegt.

Diese Tatsache brachte Sebastian so langsam in eine Schieflage, die er am Anfang total unterschätzt hatte. Täglichen Kneipenbesuchen mit lang anhaltenden Saufgelagen folgten spätabends in seiner Studentenwohnung meist noch Selbstgespräche, in denen er ein Foto von Christina in der Hand hielt.

Der Zustand steigerte sich langsam in eine unverantwortliche Lebensweise. Sebastians Eltern wunderten sich bereits, da sie ihren Sohn nicht mehr telefonisch erreichen konnten. Lothar Brandner beruhigte seine Frau Marianne, indem er von seiner Studentenzeit erzählte, in der er auch die eine oder andere Eskapade durchlebt hatte. Und so gab sich Sebastian Mutter wieder zufrieden, ohne weiter nach ihrem Sohn zu suchen.

Sie wurde erst im Juli wieder hellhörig, als sie von Christina eine Ansichtskarte aus Seoul erhielt, in der für sie verwirrende Textpassagen enthalten waren. Der mitunterzeichnende Chia Lee beunruhigte sie doch ein wenig.

Diese Karte und die Ungewissheit über den momentanen Aufenthaltsort ihres Sohnes verstärkte ihr Unbehagen doch sehr.

Etwa zur selben Zeit fanden Spaziergänger im Piriner Stadtpark einen jungen Mann leblos im Gebüsch liegen. Die schnell herbeigerufene Polizei und der Rettungsdienst brachten Sebastian in das städtische Krankenhaus, wo die Ärzte eine Alkoholvergiftung diagnostizierten. Nachdem Sebastian der Magen ausgepumpt worden war und seine leichten Sturzwunden versorgt waren, legte man ihn in ein Zimmer, das von einem extra Pfleger betreut wurde. Nur langsam kam der Student zu sich.

Die Wahrnehmung bereitete ihm enorme Schwierigkeiten und so konnte er sich keinen Reim auf seinen neuen Aufenthaltsort machen. Auch als der behandelte Stationsarzt ihm in die Augen leuchtete, wusste er noch nicht, was los war. Nachdem ihm ein Venenzugang gelegt worden war, löste sich sein schemenhaftes Sehen langsam.

Bald darauf konnte er die Fragen des Arztes verstehen und so hangelte er sich wieder ins Leben zurück. Nur weshalb er jetzt in der Klinik lag, konnte er nicht nachvollziehen. Er hatte einen kompletten Filmriss, der durch seinen unverantwortlichen Lebenswandel in der Vergangenheit zu erklären war.

Wahnsinnig erleichtert, aber doch sehr überrascht hörte Marianne Brandner, nachdem sie den Telefonhörer abgenommen hatte, die Stimme ihres Sohnes aus dem Krankenhaus. Mit schwacher Stimme schilderte Sebastian seiner Mutter den Leidensweg, den er in den letzten Wochen durchlaufen hatte. Marianne Brandner informierte sofort ihren Mann und eine Stunde später saßen die beiden bereits im Auto, das sie in wenigen Stunden nach Pirin bringen sollte.

Das Treffen in der Klinik war sehr innig und die Tränen flossen reichlich. Nach einer Stunde verließen Sebastians Eltern das Krankenhaus, um in seiner Studentenwohnung zu übernachten.

Beim Öffnen der Wohnungstür kam ihnen ein beißender Geruch entgegen, der sie fast umwarf. Als Lothar dann noch den Lichtschalter betätigte, waren sie geschockt.

Sie blickten auf eine Müllhalde. An ein Übernachten war hier auf keinen Fall zu denken. Sie verließen den „Ort des Grauens" und nahmen sich im benachbarten Stadthotel ein Zimmer. Gleich am nächsten Morgen, noch bevor sie in die Klinik gingen, entsorgten sie einen großen Teil des Mülls, der sich in der Wohnung türmte. Lothar Brandner musste mit seiner Nobelkarosse siebenmal zur Deponie fahren, um den größten Dreck loszuwerden. Beim

Anblick der Wohnung liefen Marianne die Tränen nur so über die Wangen. Sie dachte an den Zustand, den ihr Sohn in den letzten Wochen hatte durchleben müssen. Lothar war erschüttert, dass er so viele leere Wodkaflaschen in den Glascontainer werfen musste. Ihre Eindrücke verdrängten die Brandners, als sie gegen Mittag ihren Sohn besuchten.

Sebastian musste noch eine Weile im Krankenhaus bleiben, da sich seine Leberwerte in einem kritischen Zustand befanden. Diese Zeit nutzen seine Eltern, um die Wohnung wieder in ihren ursprünglichen Zustand zu bringen.

Diese Grundreinigung beinhaltete neben der Erneuerung der Teppichböden auch frische Tapeten und neue Möbel. Bis dieses nicht ganz kostengünstige Renovieren beendet war, verging eine ganze Woche.

Dann holte Marianne ihren wieder genesenen Sohn von der Klinik ab und fuhr mit ihm nach Hause. In der fünfstündigen Fahrt sprachen beide sehr intensiv über die letzten Ereignisse. Marianne versuchte ihrem Filius beizubringen, dass es im Leben immer wieder Enttäuschungen geben würde. Diesen müsse man sich stellen, argumentierte sie etwas oberlehrerhaft und gab ihm ferner zu verstehen, dass er doch noch so viele Ziele habe, die sich schließlich lohnen würden, erreicht zu werden.

Die Antworten von Sebastian kamen bei der Fahrt eher etwas kleinlaut und seine Mutter hatte auch das Gefühl, dass sich ihr Sohn die Worte zu Herzen genommen hatte.

Zu Hause erwartete Sebastians Vater die beiden, da er bereits ein paar Tage zuvor mit dem Zug nach Hause gefahren war. Einer innigen Umarmung folgten ein paar klare Blicke, die seinem Sohn signalisieren sollten, dass er sein Leben wieder in die eigenen Hände nehmen müsse, um es weiterhin erfolgreich und glücklich führen zu können.

Die nächsten drei Wochen erholte sich Sebastian erstaunlich gut und so zog es ihn Ende September 1975 wieder nach Pirin, wo er sein viertes Semester antrat. Bei seiner Fahrt überkam ihn auf einmal ein beklemmendes Gefühl. Der Gedanke an seine Studentenwohnung schloss seine Erinnerungslücke und ließ nichts Gutes ahnen.

Schemenhaft hatte er seine völlig außer Kontrolle geratene Wohnung wieder im Gedächtnis. Seine Eltern hatten die Renovierung unerwähnt gelassen und so öffnete ihr Sohn, mit großen Ängsten behaftet, die Wohnungstür in Pirin.

Nach dem Öffnen schloss er die Tür gleich wieder, da er dachte, im falschen Apartment zu stehen. Aber der Schlüssel passte und deshalb schloss er ein zweites Mal auf, um seiner Unsicherheit auf den Grund zu gehen. Sehr erleichtert und erstaunt nahm er die Umwandlung seiner Müllhalde in einen grundsanierten und neu eingerichteten Wohnraum wahr.

Die Zeit bis zum Semesterbeginn nutze er damit, sich in die Themen einzulesen, die ihn im nächsten Halbjahr beschäftigen sollten.

Des Weiteren klapperte er die ganzen Kneipen ab, um seine Altschulden zu begleichen. Sebastians vorherige Art zu leben hatte sich natürlich in Pirin herumgesprochen und so wurde er von vielen Bekannten auf Dinge angesprochen, die ihm höchst peinlich waren und derer er sich auch schämte.

Zu diesem Zeitpunkt erinnerte er sich gut an die Worte seiner Eltern, die ihm neben andern Belehrungen auch noch gesagt hatten, dass man sich seinen Problemen immer stellen müsse. Und dieses Stellen tat sehr weh, da die letzten Wochen in Pirin ja nicht seinem wahren Naturell entsprochen hatten.

Als er diese für ihn schwierige Phase nach einer guten Woche durchlaufen hatte, fühlte er sich gestärkt und nahm wieder ganz normal am Leben teil. Der Schmerz über seine Trennung von Christina kam nur noch ganz selten hoch. Und mit der Zeit akzeptierte er ihre Entscheidung. Das Thema war für Sebastian mit dem Schreiben eines gefühlvollen Briefes nach Seoul dann ganz vom Tisch. Durch den Universitätsalltag hatten seine Gedanken wieder so viel Ablenkung erfahren, dass in ihm schon wieder neue Ideen entstanden, um positiv in die Zukunft blicken zu können.

Pirin war damals eine Stadt, in der man sich über kurz oder lang immer wieder über den Weg laufen musste, da das Leben eher bedächtig und die Auswahl der Freizeitmöglichkeiten eher bescheiden war.

Eine dieser Begegnungen brachte Sebastian wieder mit Anton Ferber zusammen, als sie sich zufällig vor dem Kino trafen. Beide wollten eigentlich den neuen James-

Bond-Film ansehen. Da ihr Gespräch sehr intensiv war, änderten sie ihre Meinung und entschlossen sich, in die Eckkneipe zu gehen, um sich dort weiter auszutauschen.

Beide hatten Gefallen daran gefunden, ihre Vergangenheit noch einmal infrage zu stellen und daraus Lehren zu ziehen, um einer eventuellen zukünftigen Zusammenarbeit gerecht werden zu können.

Sebastian und auch Anton Ferber waren mit ihrer momentanen sportlichen Situation nicht ganz zufrieden. Der Bundestrainer sorgte sich um seinen Job, denn seine Nachwuchswerfer erfüllten die in sie gesetzten Hoffnungen in keiner Weise und so musste er ernsthaft um seine Arbeitsstelle bangen.

In dieser Situation musste Sebastian seinem Gegenüber mehr Trost zukommen lassen, als ihm lieb war. Bei Anton Ferber ging es um die Existenz, denn bei ihm waren zudem die Ehefrau und die beiden Kinder betroffen. Sebastian konnte sich gut in seine Situation hineinversetzen, da er vor nicht allzu langer Zeit ebenfalls von großen Ängsten geplagt worden war.

Als Ergebnis des Gespräches vereinbarten die beiden wieder eine lockere Zusammenarbeit, ohne gegenseitige Forderungen. Sebastian tat es gut, da er neben seinem Studium wieder eine sinnvolle Freizeitbeschäftigung gefunden hatte, die ihn weiter von den Kneipen fernhielt.

Zudem wechselte Sebastian wieder vom VFL Gerching zu AS Pirin, um dort die Trainingsanlagen benutzen zu können. Das Wintertraining absolvierte er in einer Gruppe von acht jungen Athleten, die sich viermal pro Woche trafen.

Johannes und Bernhard waren nicht mehr in der Trainingsgruppe. Beide hatten dreiundzwanzigjährig mit dem Leistungssport aufgehört, da sich neben dem enormen Gewichtszuwachs noch ernsthafte Probleme mit ihren Organen eingestellt hatten. Gerüchte erzählten von einer viel zu großen Leber und einem übermäßigem Haarwuchs, der sich plötzlich über den ganzen Körper ausgebreitet hatte. Man munkelte weiter, dass diese Nebenwirkungen von einer unsauberen Anabolikalieferung stammten. Da in der neuen Trainingsgruppe keine Anabolika eingenommen wurden und auch der Ehrgeiz nicht an erster Stelle stand, waren es für Sebastian immer schöne Stunden, in denen er sich mit seinen Sportfreunden messen konnte.

Das Studium beschäftigte den intelligenten Studenten auch nur in dem Maße, dass er pünktlich seine Arbeiten abgeben musste. Weihnachten verbrachte er in Gerching bei seinen Eltern und genoss die Tage, in denen er zum Skifahren in die Alpen fuhr.

Bei dem heimatlichen Abstecher traf er Christina und ihren neuen Freund Chia Lee zufällig auf der Straße. Sie waren aus Seoul angereist, um mit Christinas Eltern Weihnachten zu feiern.

Das Wiedersehen, vor dem Sebastian ein bisschen Angst gehabt hatte, verlief harmonisch und freundlich. Sie sprachen über ihre gemeinsame Zeit und gingen dann mit einem lieben Gruß auseinander. Die abendlichen Gespräche mit den Eltern bei Glühwein und hausgemachten Plätzchen waren sehr offen und zum Teil recht leidenschaftlich, wenn auch oft kontrovers, da sich

Sebastian nicht immer der politischen Meinung seines Vaters anschloss.

Mit etwas Wehmut, aber nicht ungern, verließ Sebastian Anfang Januar die elterliche Umgebung und fuhr mit dem Zug wieder nach Pirin, um sein viertes Semester erfolgreich zu Ende zu bringen.

In dem Abteil mit sechs Plätzen saß ihm eine ältere Frau gegenüber, die in ein Buch vertieft war.

Er las den mit großen, bunten, geschwungenen Buchstaben bedruckten Umschlag:

Und Jimmy ging zum Regenbogen von Johannes Mario Simmel. Die restlichen vier Plätze blieben frei.

Als er schon nicht mehr damit gerechnet hatte, kam noch eine junge hübsche Frau vorbei, die höflich nach einem freien Platz fragte. Erfreut bot Sebastian der Mitreisenden einen ihm schräg gegenüberliegenden Platz an. Anschließend holte sie eine Münchner Tageszeitung aus ihrer Tasche und fing an zu lesen. Für Sebastian war das eine passende Gelegenheit, den Neuankömmling zu beobachten. Äußerlich machte sie auf den Studenten einen guten Eindruck.

Auch die Art, wie sie die Zeitung hielt und umblätterte, hatte für Sebastian etwas Besonderes.

Nun wollte er einen ersten plumpen Annäherungsversuch vorbereiten, der aber nicht zur Anwendung kam, da der Zugschaffner ihm zuvorkam und nach den Fahrkarten fragte.

Die Blicke von Sebastian und der jungen Frau kreuzten sich kurz.

Große, blaue, leuchtende Augen, so speicherte Sebastian den schönen Sekundenbruchteil ab.

Der Blick hatte gesessen, denn jetzt war Sebastian baff. Als er noch mit der Aufarbeitung des Blickkontakts beschäftigt war, konnte er erfreut ihre Stimme vernehmen.

„Wollen Sie einen Teil meiner Zeitung?"

„Ja, gerne", antwortete er fast etwas verträumt, da er wieder in die bezaubernden Augen seiner Mitreisenden blickte.

Dieses Mal bekam er noch ein Lächeln dazu, was ihn beinah erstarren ließ, als er die Hand nach der Zeitung ausstreckte. Die junge Frau erkannte die kleine Unsicherheit und bot an, sich mit ihm zu unterhalten.

Nur langsam gewann Sebastian wieder sein Selbstvertrauen zurück und konnte seinen Redefluss in Gang bringen. So erfuhr er, dass die Studentin der Naturwissenschaften aus Traunstein kam, Jutta hieß und mit dem Zug nach Düsseldorf fuhr, um ihr Studium nach den Weihnachtsferien fortzusetzen. Das Gespräch entwickelte sich mit zunehmender Fahrtzeit.

Die ältere Frau, die Sebastian gegenübersaß, unterbrach die Lektüre ihres Bestsellers und hörte den beiden jungen Menschen dabei zu, wie sie sich so gut wie möglich beim Gegenüber darzustellen versuchten. Hinter dem Buch, das sie noch zur Tarnung vors Gesicht hielt, konnte sie das gegenseitige Buhlen weiter gut mitbekommen.

Sie fühlte sich an ihre eigene Jugend erinnert und konnte sich das eine oder andere Schmunzeln nicht verkneifen. Sie erkannte die beiderseitige Sympathie, die sich die jungen Menschen in vielen netten Worten bekundeten. Doch fehlte es beiden an Mut, dass aus der Zuneigung mehr entstehen konnte. Leider musste die Frau bereits in Stuttgart den Zug verlassen. Als der Zugführer den Hauptbahnhof Stuttgart als nächsten Halt über den Lautsprecher ausgerufen hatte, legte sie ihr Buch zu Seite und sagte unaufgefordert zu Sebastian: „Warum laden Sie die junge Frau nicht zum Kaffeetrinken in ein hübsches Café ein, ich denke, das erwartet Sie auch von Ihnen. Stimmt doch, oder?"

Mit den Worten gab sie dem Ganzen noch mehr Nachdruck. „Und jetzt helfen Sie mir doch bitte in den Mantel, junger Mann, da ich in Stuttgart aussteige."

Mit hochrotem Kopf kam Sebastian der Aufforderung der schon etwas betagten Frau nach und half ihr auch noch, den Koffer aus dem Zug zu heben. Beim Verlassen des Abteils sprach sie Sebastian noch Mut zu.

„Sie gefallen ihr, seien Sie nicht so schüchtern, sonst fährt die nette Frau weiter, ohne Ihnen ihre Telefonnummer zu geben!" Mit einem „Danke" und einem kleinen Klaps auf die Schulter verließ die Frau den Bahnsteig und verlor sich dann in der Menge.

Auf dem Rückweg ins Abteil nahm Sebastian seinen ganzen Mut zusammen und griff den Vorschlag seiner älteren Reisegefährtin sofort auf.

Nachdem er seinen Platz wieder eingenommen hatte, sprach er Jutta an und sagte zu ihr: „Wir sollten es tun!"

„Was sollten wir tun?", kam es etwas verschmitzt zurück.

„Wir sollten uns verabreden, um unsere Unterhaltung später weiterzuführen", antwortete Sebastian seiner Mitreisenden.

„Warum später?", kam es sofort zurück, und Jutta fügte noch schnippisch hinzu, dass sie sehr wohl gewillt sei, sich weiter mit ihm im Zug zu unterhalten. „Und übrigens, ich denke wir sollten uns duzen!"

Mit der Ansage waren alle Unklarheiten beseitigt und so wurde nun auch mehr Persönliches ausgetauscht. Sebastian erzählte seine ganze Lebensgeschichte in einer vertrauten Art, als ob sich die beiden schon jahrelang kennen würden. Er neigte, wenn ihm jemand sympathisch war, sehr schnell dazu, sein gesamtes Innenleben nach außen zu kehren.

In den verbleibenden drei Stunden nach Köln brauchte Jutta kaum ein Wort zu sagen, da die junge Studentin von Sebastian geradewegs zugequatscht wurde.

Eigentlich bin ich ganz schön blöd, dachte Sebastian sich, als er in Köln den Zug verließ.

Durch sein fortlaufendes Sprechen hatte er so gut wie nichts über sie erfahren. Mit einem tiefen Blick in ihre Augen und dem Austauschen der Telefonnummern verabschiedete er sich sehr förmlich von ihr.

„Ich ruf dich gleich morgen früh an!"

Mit diesem Entschluss lief er die paar Meter von der Bushaltestelle zu seiner Wohnung. Nach dem Auspacken und einem Milchkaffee legte er sich völlig entspannt ins Bett.

Die tiefe Schlafphase wurde erst am nächsten Morgen durch den Wecker jäh unterbrochen.

Die Fahrt zur Universität verlief ohne besondere Vorkommnisse und so saß Sebastian frisch erholt gegen 8 Uhr im Hörsaal und hörte dem Dozenten nicht ganz aufmerksam zu.

An diesem Tag fiel es ihm besonders schwer, den Worten und Zeichen auf der großen Tafel zu folgen. Seine Aufnahmefähigkeit war schon belegt. Schlank, braune Haare, blaue Augen und eine tolle Ausstrahlung. Dieses Bild hatte sich so in seinem Kopf festgebrannt, dass es für ihn unmöglich war, dem Vortragenden zu folgen.

Er verließ nach der zweiten Stunde die Vorlesung und setzte sich in ein Café, um dort in aller Ruhe eine Zeitung zu lesen.

Ja richtig, ich wollte sie heute früh anrufen!

Diesen inneren Befehl gab er sich jetzt selbst, änderte aber sofort seinen Entschluss, da sie ja sicherlich auch an der Uni beim Studieren sei.

Und so verging der Vormittag, ohne dass eine Kontaktaufnahme stattgefunden hätte. Der restliche Tag verging, und der ursprüngliche Drang nach einem Telefonat mit seiner netten Zugbekanntschaft verflog langsam aus seinen Gedanken.

Soll sie mich doch anrufen, sagte er sich, und so ging er ohne mit ihr gesprochen zu haben in die Turnhalle zum Krafttraining. Irgendwie hatte er Angst, dass er einen Korb bekommen würde. Der Gedanke setzte sich sehr hartnäckig in seinem Kopf fest. Da kam ihm das Krafttraining gerade recht. Dort konnte er sich so richtig austoben und abreagieren.

Am Abend strotzte er nur so vor Selbstvertrauen und brachte mit seinen sportlichen Ergebnissen alle um ihn Versammelten zum Staunen. Anton Ferber, der „Noch-Bundestrainer", war an diesem Abend auch in der Turnhalle und beobachtete Sebastian sehr gewissenhaft. Auch er war begeistert, wie der Junge die Hantel mit den schweren Gewichten bewegte.

Nach gut zwei Stunden beendete Sebastian das Training und ging nach dem Duschen mit seinen Kumpels noch auf ein Bier in die Eckkneipe. Dort tauschten die jungen Athleten ihre Erfahrungen im Umgang mit Mädchen aus.

Es war ein feuchtfröhlicher Abend, bei dem es nicht nur bei dem einen Bier blieb. Um einige gute Geschichten erleichtert und mit einem kleinen Schwips schlenderte Sebastian die paar Meter zu seiner Wohnung zurück.

Ganz anders erging es Anton Ferber. Er fuhr nach dem Training nach Hause und hatte fast schon depressive Gedanken. Sein Ruf hatte nicht mehr den Glanz früherer Tage und das letzte Erfolgserlebnis war schon lange in Vergessenheit geraten. Daher machte er sich große Gedanken über seinen beruflichen Werdegang.

Er, Mitte fünfzig, würde bei einer Kündigung seitens der LSV wohl keine neue Anstellung mehr finden. Seine Probleme könnten sich aber von heute auf morgen lösen. Er müsste Sebastian nur dazu bringen, ein paar Nahrungsergänzungsmittel zu nehmen, die eine anabole Grundsubstanz beinhalteten.

Aber wie soll ich es dem Jungen begreiflich machen, dass in ihm ein so großes Potential steckt, das ihn in kürzester Zeit national an die Spitze bringen würde?, fragte er sich.

Weitere Tage vergingen, und Anton Ferber hatte das Thema nach wie vor im Kopf. Er hatte auch nicht den Mut, Sebastian aufgrund der gemeinsamen Vergangenheit noch einmal auf das Thema anzusprechen. Sebastian trainierte, der Bundestrainer beobachtete.

So vergingen ein paar Wochen, ohne dass sie in irgendeiner Form weiterkamen. Und so musste der Zufall das Geschehen in die Hand nehmen.

Sebastian saß in der Eckkneipe bei einer Tasse Kaffee, als ihn Anton Ferber durch das Fenster von der Fußgängerzone aus beobachtete. Kurz vorher hatte der Student den langersehnten Anruf seiner netten Zugbekanntschaft aus Düsseldorf erhalten. Im Verlauf des Gespräches bedankte sich Jutta bei ihm für die kurzweilige Zugfahrt und die netten Worte.

Das von Sebastian erwartete Aber folgte jedoch auf dem Fuß. In gut fünf Minuten beichtete sie ihm, das sie seit Jahren mit einem Studenten zusammenlebte und sie deshalb die schöne Zugfahrt mit ihm nicht weiterverfolgen möchte. Mit einem lieben Gruß und einem aufmunternden „Bis bald" beendete sie das Gespräch.

Innerlich schwer getroffen nahm Sebastian diese schlechte Nachricht auf. In relativ kurzer Zeit hatte er zweimal einen Korb bekommen. Diese Enttäuschungen wurden noch von der fehlenden sportlichen Perspektive verstärkt und brachten somit sein Seelenleben gehörig durcheinander.

Sebastian hatte in seinem bisherigen Leben das Verlieren nicht gelernt. Und genau als solches deutete er seine gescheiterten Beziehungen.

Normalerweise beende ich eine Liebschaft, dachte er und wollte mit diesem Machospruch die Lage wieder zu seinen Gunsten wenden. Dieses von ihm jetzt bewusst gelenkte Unrechtsempfinden wurde sofort von seinem Gewissen aufgegriffen und kommentiert.

„Sebastian, versuch doch mal, das Problem bei dir selbst zu suchen. Tauch nicht immer in dein Selbstmitleid ab und zieh endlich die richtigen Schlüsse daraus, denn schließlich bist du kein kleines Kind mehr."

Mit Gegenwehr hatte er nicht gerechnet und so entwickelte sich bei ihm ein Gedankengang, der nun akzeptierte, dass seine Liebschaften auseinandergegangen waren, ihm aber jetzt die moralischen Vorbehalte gegenüber seiner zweiten Leidenschaft, dem Hammerwerfen, nicht mehr so wichtig waren.

Nach dem Motto „Warum eigentlich nicht?" spielte er zum ersten Mal mit dem Gedanken, leistungsfördernde Mittel zu nehmen. Doch an dieser Stelle kam wieder der Einwand seiner inneren Stimme, der Versuchung nicht nachzugeben. Orientierungslos und nachdenklich saß er da und blickte ins Leere. Ihm war gerade eigentlich nicht nach einer weiteren Unterhaltung, als sich Anton Ferber neben ihn setzte.

Nur zögerlich entwickelte sich ein Gespräch, bei dem es um ganz belanglose Sachen ging.

Mit zunehmender Zeit bemerkte der Bundestrainer bei Sebastian eine innere Leere.

Durch einen Themenwechsel, der sie beide wieder in die vergangene Hammerwurfzeit brachte, kam etwas mehr Leben in die Diskussion.

Den Beginn dieses Gespräches könnte man am besten mit dem Anfahren eines alten Diesels vergleichen. Sehr zäh und stockend, und erst mit zunehmender Zeit wurde der ruhige Lauf gefunden. Und wenn ein Diesel einmal lief, war er nicht mehr zu stoppen. Und genauso verlief das Gespräch der beiden vom Leben enttäuschten Männer.

Der Bundestrainer erkannte ein Leuchten in Sebastians Augen, als er von vergangenen Hammerwurferfolgen sprach. Beide bestellten sich noch ein Bier und so entwickelte sich ein sehr intensives Gespräch. Es folgten in unregelmäßigen Abständen weitere frisch gezapfte Gläser Bier. Als sie sich nach dem sechsten Getränk duzten, waren die beiden schon gewaltig angetrunken. Diese feuchtfröhliche Stimmung versuchte Anton Ferber für sich zu nutzen, indem er sich Sebastian noch einmal als Trainer anbot.

Aufgrund seines hohen Alkoholpegels hätte Sebastian heute Abend wohl zu allem ja gesagt.

Wohlwollend nahm der Bundestrainer Sebastians gelalltes Ja entgegen, und nach gut einer Stunde verließen sie das Lokal und gingen nach Hause, was sich aufgrund ihrer Trunkenheit nicht ganz leicht gestaltete. Keiner wusste am nächsten Morgen mehr, wie er die jeweilige Wohnung erreicht hatte.

Der Samstagmorgen wurde von beiden verschlafen und so rief Sebastian bei Anton spät an. Immerhin konnte er sich erinnern, dass sie sich nun duzten. Ansonsten hatte er einen kompletten Filmriss und deshalb wollte er von seinem Duzfreund erfahren, was sonst noch alles geschehen war. Anton erzählte ihm mit rauer Stimme, dass sie sich wieder zum Trainieren verabredet hatten und in der Zukunft wieder gemeinsam versuchen wollen, das Hammerwerfen weiter zu perfektionieren. Sebastian ließ das erst einmal auf sich wirken, um dann mit einiger Verzögerung sein Einverständnis zu geben.

Schnell sprach sich die Meldung in der Stadt herum und so gab es auf einmal wieder mehr Zuversicht in der Werfergruppe von AS Pirin. Die Presse schlachtete das Comeback der beiden richtig aus.

Die Themen an der Universität hatten jetzt immer wieder den gleichen Wortlaut und so musste Sebastian, der jetzt schon ein bisschen unter Druck stand, sein Training wieder konzentriert beginnen. Er wollte seinem Umfeld noch einmal beweisen, dass er doch ein großer Hammerwerfer werden konnte.

Ab Anfang März trainierten Sebastian und Anton siebenmal pro Woche, zwei Stunden am Tag. Sebastian funktionierte gut und so kam er schnell wieder an seine Bestweite heran.

In all den Gesprächen zwischen den schweißtreibenden Trainingseinheiten gelang es dem Bundestrainer immer mehr, seinen Schützling davon zu überzeugen, dass er eine kleine Menge von den anabolen Nahrungsergänzern zu sich nehmen sollte. Aufgrund der großen Erwartungshaltung stimmte Sebastian dem Ganzen nach einer längeren Bedenkzeit zu, sich zusätzlich mit illegalen Mitteln zu stärken.

Der Bundestrainer organisierte die Dopinglieferungen. Sebastian bekam von einem Labor einmal pro Woche ein großes Kuvert, in dem vierzehn blaue Kapseln waren, von denen er täglich zwei zu sich nehmen sollte.

Die Briefsendung hatte keinen Absender und kam jede Woche am Dienstag.

Die Kosten trug der Bundestrainer. Zudem fuhren sie alle vier Wochen in den Schwarzwald zu einem Professor, der dann die neue Mischung für den nächsten Trainingszyklus zusammenstellte, um den Muskelaufbau noch schneller und besser zu koordinieren.

Sebastian hatte in acht Wochen fünf Kilogramm Muskelmasse zugelegt. Jetzt war er endlich in der Lage, seine präzise Technik mit der dazugehörigen Kraft zu kompensieren. Die Trainingsergebnisse ließen für den ersten großen Wettkampf einiges erwarten.

Den Kennern der Szene war klar, dass Sebastian den längst überfälligen Schritt getan hatte, um an die internationale Spitze zu gelangen. Von Seiten der LSV kamen auch nur positive Signale, die den Weg insgeheim voll unterstützten, obwohl sie in der Öffentlichkeit immer den sauberen Sport deklarierte.

Alle waren gespannt, wie sich Sebastian bei der Bahneröffnung im Kölner Stadion präsentieren würde. Das Trikot umspannte eng seinen Körper. Die Muskelpakete glänzten in der Maisonne, als ob es hier um einen Schönheitswettbewerb gehen würde. Was man den blauen Pillen nicht ansah war ein Zusatz, der auch die

Psyche des Athleten stark veränderte. Der Wille und die Entschlossenheit waren in der Vergangenheit bei Sebastian eher ein Hemmnis für eine Leistungssteigerung gewesen. Nun nicht mehr.

Bereits im ersten Versuch warf er den Hammer auf eine Superweite von 72,66 Metern. Der Jubel war groß und durch das Wissen, dass er jetzt in der Lage war, ganz nach oben zu gelangen, entwickelte er für die weiteren Versuche genügend Ehrgeiz, um seine Leistung noch zu steigern. Über 73,12 Meter kam er beim letzten Versuch auf sagenhafte 74,88 Meter.

Anton Ferber war völlig überrascht von der super Serie, die sein Athlet an diesem Tag hingelegt hatte. Alle Anwesenden nahmen diese wahnsinnige Leistungssteigerung mit sehr großem Wohlwollen zur Kenntnis und waren von Sebastian begeistert, ebenso die Zeitungen am nächsten Tag.

Schon waren wieder Superlativen im Gespräch und die nächsten sportlichen Großveranstaltungen hatten erneut einen deutschen Spitzenwerfer zu präsentieren. Beistand der Deutschen Athletenhilfe, Unterstützung von den großen deutschen Sportartikelherstellern und auch Sponsorenanfragen aus der Wirtschaft ließen nicht lange auf sich warten.

Sebastian war von heute auf morgen wieder voll in der Szene drin und belebte die stagnierte deutsche Leichtathletik aufs Neue.

Mit der Weite hätte er um ein Haar die Qualifikation für die Europameisterschaften erreicht. Die LSV hatte die Qualifikationsweite auf exakt fünfundsiebzig Meter festgelegt. Von diesem Samstag an veränderte sich Sebastians Leben enorm. Nachdem er im Mai sein viertes Semester mit Erfolg abgeschlossen hatte, widmete er sich in den nächsten Monaten nur noch dem Hammerwerfen. Sebastian konnte sich jetzt in ganz Europa Wettkämpfe aussuchen, um die erforderliche Qualifikationsweite von fünfundsiebzig Metern zu erzielen.

Zum einen bekam er Antrittsgelder vom Veranstalter, und wenn nicht, dann sprang die LSV gern ein, um seine Spesen zu begleichen.

Nachdem es ihm bei einem Wettkampf in London noch nicht gelungen war, die erforderliche Weite zu erzielen, war es eine Woche später in Mailand so weit. Unter den internationalen Spitzenwerfern gelang ihm im dritten Versuch eine Weite von 76,16 Metern. Das bedeutete einen hervorragenden vierten Platz für den jungen Werfer von AS Pirin. In dieser Woche meldeten sich seine Eltern, die natürlich den atemberaubenden Aufstieg ihres Sohnes mit großem Stolz aus der Ferne verfolgt hatten.

Zudem meldete sich sein Gewissen, das in der vergangenen Zeit nie einen Grund gehabt hatte, ihn auf einen Fehler hinzuweisen. Bei seinen wunderbaren Erfolgen und dem ganzen schönen Leben, das Sebastian in der letzten Zeit mit dem Bundestrainer erlebt hatte, stellte ihm jetzt tief in seinem Inneren eine Stimme die ganz einfache Frage: „Sebastian, warum bist du diesen Weg gegangen? Du weißt doch genau, dass dieser Weg ein unlauterer ist und nichts mit deinen ureigenen Vorstellungen zu tun hat? Warum hast du das gemacht?"

Sebastian verdrängte die Frage, da er in einer euphorischen Stimmung war und somit kein Raum für negative Signale war. Die innere Stimme ließ ihn kurze Zeit gewähren und bohrte nach einer Weile mit denselben Fragen wieder in dieselbe Wunde: „Warum, Sebastian?"

Auch dieses Mal verdrängte der junge Athlet das belastende Thema. Die innere Stimme, sein Gewissen, ließ ihn abermals gewähren und verschob den nächsten Angriff in die Nachtzeit, wo er am besten zu treffen war.

Das abendliche Bankett in einem schicken Mailänder Lokal genoss Sebastian nicht wie gewohnt, denn er rechnete insgeheim bereits mit der nächtlichen Abrechnung seines Gewissens. Selbst ein Besuch in der Hotelbar konnte seine Stimmung nicht noch einmal aufheitern. Und so ging er gegen Mitternacht mit viel zu viel Alkohol im Blut auf sein Zimmer, um endlich zu schlafen. Er schlief rasch ein, bis exakt um 4 Uhr 30 der innere Seelensprecher zum ersten Mal bei ihm anklopfte. Der Alkoholpegel hatte sich bis zu diesem Zeitpunkt bereits so weit abgebaut, dass eine normale Kommunikation möglich war.

Und ähnlich eines Weckers, der ganz leise beginnt und mit zunehmender Zeit immer lauter wird, bohrte das Gewissen mit seinen Fragen kleine Löcher in die vermeintlich gefestigte Psyche. Nach kurzer Zeit stellte er sich seiner inneren Stimme und ließ sich auf eine Diskussion ein, die er eigentlich gar nicht gewinnen konnte.

Aber seine neuen Argumente bestätigten ihn darin, dass er sportlich langsam ganz nach oben gelangt war und aus diesem Grund sein plötzlicher Sinneswandel auch begründet sei. Die Diskussion rutschte langsam ins Unsachliche ab, da Sebastian nicht mehr vernünftig auf die zu Recht gestellten Fragen antwortete. Nach einer unruhigen Phase übermannte ihn dann wieder die Müdigkeit und ließ ihn noch bis in den späten Morgen in den Schlaf versinken.

Gegen 12 Uhr fuhr Sebastian mit dem Bundestrainer Richtung Deutschland. Bei der Gelegenheit besuchte er nach langer Zeit mal wieder sein Elternhaus, um mit seinen Eltern über die richtungweisende Vergangenheit zu sprechen. Seinen Eltern war die explosionsartige Vergrößerung seiner Muskeln nicht verborgen geblieben. Ihnen war klar, dass ihr Junge der Versuchung nicht hatte widerstehen können und sich nun zusätzlich mit verbotenen Mitteln ernährte.

Doch der Stolz, der in ihnen hochkam, war größer als die konsequente moralische Haltung, die sie jahrelang gemeinsam vertreten hatten. Aus diesem Grund war bei dem Besuch die Ernährung kein Thema. Viel lieber erzählten die Brandners, wie stolz die Stadt Gerching auf ihren Sohn war.

Vom Bürgermeister über den Herrn Pfarrer bis hin zum Landrat waren alle voll des Lobes. Dieser Imagegewinn machte Sebastians Eltern weniger empfindlich für das Thema Doping. Aus dieser Konstellation heraus ergab sich an dem Abend ein harmonisches Gespräch, bei dem alle auf ihre Kosten kamen. Auch Sebastians Gewissen hielt sich in der Nacht zurück und stellte keine kritischen Fragen.

Am nächsten Tag gegen 8 Uhr verließen Sebastian und Anton das Haus der Brandners und beendeten ihre erfolgreiche Wettkampftour zwei Tage später in Pirin.

Zu Hause erwarteten ihn bereits die Medienvertreter, um eine große Geschichte über ihn herauszubringen. Anton Ferber, der mittlerweile wieder ein erfolgreicher Bundestrainer geworden war, unterband mehrere Pressetermine und lenkte seinen Athleten wieder mehr auf den Sportplatz, denn das große Ziel für dieses Jahr war ja noch nicht erreicht.

Er steigerte den Trainingsaufwand erneut und ließ auch die Medikamentendosis um eine Pille pro Tag erhöhen. Die Trainingsleistungen gingen weiter nach oben und alle Beteiligten erwarteten von Sebastian ein erneutes Spitzenergebnis beim nächsten Wettkampf.

Was zu diesem Zeitpunkt keiner erkannte war die Tatsache, wie sehr sich Sebastian aufgrund der vielen Medikamente persönlich veränderte. Sebastians menschliche Züge gingen ganz langsam verloren. Er wurde wesentlich aggressiver.

Seine Psyche hatte nur noch den Erfolg im Visier und alles andere ging bei ihm unter. Sein Sexualleben hatte jetzt schon fast unmenschliche Züge angenommen.

Durch den Erfolg hatte der Topathlet kein großes Problem, Freundinnen um sich zu haben. War die Liebe zu Christina noch eine wunderbare Beziehung gewesen, die auf schönen Gefühlen aufgebaut war, so änderte sich sein Verhalten gegenüber Frauen jetzt gewaltig. Durch die Einnahme der verschiedensten Mittel, in denen viele nicht bekannte Hormone versteckt waren, steigerte sich sein Sexualtrieb ins Übermenschliche.

Jede Beziehung ging nach kurzer Zeit wieder auseinander, da Sebastian mit seinen Partnerinnen jede Nacht drei- bis viermal schlafen wollte. Das hielt keine Frau über einen längeren Zeitpunkt aus. Von Liebe war natürlich nie die Rede, nein, die Beziehungen nutze er nur, um seinen Trieben gerecht zu werden.

Hatte er über einen längeren Zeitpunkt keine Partnerin, so legte er regelmäßig selbst Hand an, um den enormen Drang zu stillen. Der sportlichen Leistung schadete diese Praxis in keiner Weise, da sich seine Trainingswerte unaufhaltsam nach oben bewegten. In dieser Phase bewegte sich der junge Athlet in einer Art Traumwelt, aus der es in absehbarer Zeit wohl kein Entrinnen geben würde. Die zwischenzeitlichen Gespräche mit seiner inneren Stimme diktierte er, da ihm der momentane sportliche Erfolg immer Recht gab. Sein Umfeld bemerkte durchaus eine Veränderung an ihm, ordnete dies aber seiner neuen Popularität zu.

Da in der Öffentlichkeit das Thema Doping immer noch totgeschwiegen wurde, hatte Sebastian eigentlich niemanden, an den er sich bei schwierigen Situationen hätte wenden können. Der Einzige, mit dem er sich austauschen konnte, war der Bundestrainer.

Das Problem von Anton Ferber war klar. Er war schon fast abgeschossen gewesen und hätte auch seine berufliche Existenz verloren, wenn er Sebastian nicht in einer schwachen Minute dazu überredet hätte, das

Teufelszeug zu nehmen. Also war klar, dass von ihm kein Rückweg eingeleitet werden würde.

Allein konnte Sebastian sich nicht aus der Umklammerung lösen. Und aufgrund des bereits fortgeschrittenen Stadiums wollte er von sich aus den momentanen Zustand ohnehin nicht verändern.

◆ ◆ ◆

Der weitere Verlauf seiner Karriere – oder sollte man sagen: seiner Krankheit – verlief in der gleichen Art wie die eines Drogenabhängigen. Sein Hunger nach Erfolg stieg ins Unermessliche und dementsprechend steigerte er sein Training auf zehn Trainingseinheiten pro Woche.

Um den enormen Umfang auch umsetzen zu können, schluckte er jetzt bereits vier anabole Pillen pro Tag. Die „Maschine", wie Sebastian mittlerweile in seiner Trainingsgruppe genannt wurde, errang dann den deutschen Meistertitel in Berlin mit einer neuen persönlichen Bestleistung von 76,28 Metern.

Auffallend und für sein Umfeld fast schockierend war sein Auftreten bei den Meisterschaften. Verbale Angriffe gegenüber den Kampfrichtern, wiederholt provozierende Gesten gegenüber seinen Mitstreitern. Mit der Art der

Wettkampfführung stellte er sich selbst ins Abseits und seine Sympathiewerte rutschten schnell auf null.

Bei der Siegerehrung wurde auch die Öffentlichkeit auf die Spannungen unter den Hammerwerfern aufmerksam. Keiner seiner geschlagenen Hammerwurfkollegen gratulierte ihm zum Gewinn der Deutschen Meisterschaft! Bei der anschließenden Pressekonferenz spielte Sebastian das Ganze etwas herunter, indem er die wartende Reporterschar dahin unterrichtete, dass seine Mitstreiter einfach nur schlechte Verlierer seien.

Mit dem Sieg hatte sich Sebastian für die im September stattfindenden Europameisterschaften in Helsinki qualifiziert und galt auch als sicherer Kandidat für eine Endkampfplatzierung, da er in der europäischen Hammerwurfrangliste bereits an sechster Stelle lag.

Die Vorbereitungen für den großen Event liefen normal weiter, nur die Dosierung der anabolen Mittel erhöhte sich im wöchentlichen Rhythmus weiter. Sebastian sah jetzt nur noch die kommenden Europameisterschaften und stellte alles andere weit zurück. Er vernachlässigte seine wenigen Freunde, die ihm noch geblieben waren, schottete sich gegenüber den Journalisten ab, da aus dieser Ecke immer mehr das Thema Anabolika die Runde machte, wenn es um den Namen Sebastian Brandner ging.

Umso enger wurde der Kontakt zu Anton Ferber. Der Bundestrainer war mittlerweile sein einziger Verbündeter. Von Seiten der LSV kam die inoffizielle Anweisung über den Bundestrainer an die Athleten, dass die Einnahme der anabolen Mittel zehn Tage vor dem Wettkampf abzusetzen sei. Sollten sich einige Athleten mit dem Bullenmastmittel Stromba vorbereitet haben, dann mussten diese aus Sicherheitsgründen sogar eine zweiwöchige Einnahmepause einhalten.

Das letzte Training vor der Abreise entwickelte sich gut. Nach zwölf Testwürfen hatten acht Hämmer die Siebenundsiebzig-Meter-Linie übertroffen.

Mit dem Wissen, dass er in Helsinki alle schlagen konnte, flog Sebastian mit dem Bundestrainer und der restlichen deutschen Nationalmannschaft zuversichtlich in die finnische Landeshauptstadt.

Das Quartier, das Essen, die Trainingsmöglichkeiten und das Wetter gefielen ihm sehr gut. Aus der Stimmung heraus malte er sich in seinen Träumen schon einmal eine Platzierung unter den ersten drei aus. Die Vorbereitungswoche verging viel zu rasch und langsam wurde es für die meisten ernst.

Das Hammerwerfen der Männer war am vierten Meisterschaftstag vorgesehen und deshalb konnte Sebastian am Einmarsch der verschieden Nationen teilnehmen.

In der großen Gemeinschaft der Nationalmannschaft mit dem schicken hellblauen Freizeitanzug, inmitten der vielen gut gelaunten Sportler aus den verschiedenen Nationen, meldete sich nach langer Zeit wieder einmal seine emotionale Seite. Dieses Gänsehautgefühl erinnerte ihn kurz wieder an die Zeit in Gerching, wo er seine ersten Hammerwurferfolge feiern konnte. Das anschließende offizielle Bankett, das im Freien stattfand, rundete den Eröffnungstag ab.

Im Athletenhotel gab es noch weitere Unterhaltungsmöglichkeiten, wenn man gerade einen Tag Wettkampfpause hatte: Fernsehräume, Spielautomaten in jeder Ecke, diverse Bars, ein Schwimmbad und eine große Lobby.

Irgendwie war Sebastian noch etwas aufgekratzt und wollte nicht zu Bett gehen, und so setzte er sich auf einen der vielen Sessel, die in der Lobby standen.

Mit einem Glas Bier in der Hand beobachtete er den nächtlichen Betrieb in dem großen Raum.

Auffallend oft sah Sebastian, dass sich Athleten und Athletinnen verschiedenster Nationen ansprachen, nach einem kurzen Gespräch die Lobby verließen und aufs Zimmer gingen.

Innerhalb kurzer Zeit wurden schätzungsweise zwanzig Verabredungen getroffen und so langsam regte sich auch bei Sebastian etwas.

Innerhalb von Sekunden spürte er den Drang immer stärker, den er schon länger unterdrückt hatte, und der übernahm jetzt sein weiteres Handeln.

Na klar, dachte er sich, die schlucken doch alle Anabolika und haben das gleiche Problem wie ich.

Und so stand Sebastian auf, stellte das leere Glas an der Theke ab und näherte sich der Stelle, wo die schnellen und unkomplizierten Verabredungen stattfanden.

Die Partnerwahl wurde weniger im Kopf getroffen, nein, nur die körperlichen Triebe wollten befriedigt werden.

Sebastian hatte das „Vermittlungszentrum" noch nicht ganz erreicht, als er einer Athletin begegnete, die ihm unzweideutig zuzwinkerte. Er zwinkerte zurück und folgte der stattlichen Athletin, die auf ihren Trainingsanzug fünf Buchstaben stehen hatte: UdSSR.

In gebrochenem Deutsch hörte Sebastian: „Ich Svetlana, und du?"

„Ich bin Sebastian", antwortete er seiner Verführerin mit erwartungsfroh ausgebeulten Hosen.

Kurze Zeit später standen sie vor ihrer Zimmertür. Und jetzt ging alles sehr schnell. Svetlana und Sebastian erreichten das wenige Meter entfernte Bett nicht mehr. Sebastian hatte keine Chance. Svetlana nahm ihn, ohne auf ihn Rücksicht zu nehmen.

Anfänglich genoss er das in vollen Zügen. Doch Svetlana hatte wohl noch mehr Hormone als er im Körper und dementsprechend größer war auch ihr Hunger nach sexueller Befriedigung.

Die anfängliche Freude wich sehr schnell. Svetlanas Gier nach Sex war um ein Vielfaches stärker, als Sebastian es sich in seinen kühnsten Träumen ausgemalt hatte.

Nach dem dritten Orgasmus in kürzester Zeit litt Sebastians weiterhin erigiertes Glied zunehmend unter Svetlanas unerschöpflicher Lust.

Aus dem hoffnungsvollen Lustgefühl entwickelten sich nun ganz schnell Sterne, die Sebastian vor den Augen tanzten, und deshalb arbeitete er auf ein schnelles Ende hin, da er dem Ganzen nicht mehr gewachsen war. Kurze Zeit später ließ sie von ihm ab und Sebastian fand langsam wieder in die Realität zurück.

Nach einem Schluck aus einer Wodkaflasche und einer engen Umarmung verabschiedete er sich von Svetlana und ging breitbeinig auf sein Zimmer.

Das flüchtige Duschen fiel ihm sehr schwer und so lag er Minuten später im Bett, wo er nach kürzester Zeit einschlief und erst am nächsten Morgen wie gerädert aufstand.

Das letzte Training vor der Qualifikation war für 16 Uhr angesetzt und so konnte sich Sebastian am Frühstückstisch noch gut erholen. Die Frage vom Bundestrainer, wie er denn die Nacht verbracht hatte, ignorierte er, indem er sich gleich nach den Abfahrtzeiten zum Training erkundete.

Anton Ferber erkannte bei seinem Schützling einen verklärten Blick, schob diesen aber auf den immer näher rückenden Qualifikationswettkampf.

Auf einmal veränderte sich Sebastians Gesichtsfarbe immer mehr ins rötliche.

Er blickte in die Runde und erkannte seine „Peinigerin" von gestern wieder, die ihm mehrmals zuzwinkerte und per Handzeichen ein weiteres Stelldichein verabreden wollte. Sebastians Hormonhaushalt war nun wieder normalisiert, und so machte er sich die größten Vorwürfe, dass er am Vortag mit einem lebenden Fleischberg Intimitäten ausgetauscht hatte. Er versuchte sich nichts anmerken zu lassen.

Da der Bundestrainer mit seinen Gedanken schon weitergezogen war, blieb dieser emotionale Ausrutscher unbemerkt und so verließen die zwei den großen Frühstücksraum, um sich noch ein bisschen zu entspannen.

Beim Hinausgehen konnte Sebastian erkennen, wie sich Svetlana mit ihren Teamkollegen unterhielt und alle zum

Schluss laut zu lachen begannen. Obwohl die deutsche Hammerwurfhoffnung kein Russisch verstand, war ihm klar, dass sich die Unterhaltung auf ihn bezogen hatte.

Nachdem er nochmal zwei Stunden geschlafen hatte, wurde er langsam wieder fit. Anschließend joggte er noch im nahe gelegenen Stadtwald einige Runden, um seine Verspannungen gänzlich aufzulösen.

Leicht nass geschwitzt erreichte er gegen 15 Uhr das Hotel, das er dann nach einer schnellen Dusche und mit seiner Sporttasche in der Hand kurze Zeit später wieder verließ.

Am Busbahnhof, der unweit vom Hotel entfernt lag, stieg er mit dem Bundestrainer und vielen anderen wartenden Europameisterschaftsteilnehmern in einen der Shuttlebusse ein. Die zehnminütige Fahrt durch die Innenstadt von Helsinki hinaus zum Stadion verlief wortlos zwischen Sebastian und dem Bundestrainer.

Das Trainingsgelände war wunderbar in einem Pinienwald gelegen und hatte exzellente Trainingsanlagen zu bieten. Der Hammerwurfring war schon von mehreren Athleten besetzt und so konnte sich Sebastian in aller Ruhe dehnen und seinen Körper auf die richtige Betriebstemperatur bringen. Parallel dazu stimmte ihn der Bundestrainer mit technischen Ratschlägen auf sein Abschlusstraining ein.

Mit einem Auge sah Sebastian seinen bereits einwerfenden Konkurrenten zu, um sich schon mal ein Bild für die am nächsten Tag um 10 Uhr beginnende Qualifikation zu machen. Die Hämmer schlugen alle um die Achtzig-Meter-Linie herum ein und flößten dem jungen deutschen Hammerwerfer schon jetzt riesigen Respekt ein. Anton Ferber erkannte bei Sebastian den Eindruck, den seine Gegner bei ihm hinterlassen hatten und steuerte gekonnt dagegen.

„Hast du gesehen, von denen konnte keiner seinen Wurf stehen! Alle sind nach vorn herausgefallen. Du wirst sehen, wenn es morgen um den Titel geht, werfen die ganz anders."

Sebastian hatte nur auf die Einschlagstelle der Hämmer geachtet. Nach fünfzehn Minuten stieg Sebastian zum ersten Mal in den Hammerwurfring, um sich das erforderliche Wurfgefühl zu holen. Zu dem Zeitpunkt hatten sich die meisten seiner Kollegen bereits wieder vom Wurfring entfernt und waren auf dem Rückweg ins Hotel. Neben ihm waren noch ein griechischer und ein italienischer Hammerwerfer auf der Anlage.

Das hatte den Vorteil, dass der Bundestrainer mit seinem Schützling in aller Ruhe noch ein letztes Mal die technischen Details durchgehen konnte. Sebastian hatte nach drei Würfen seinen Rhythmus gefunden und so war er guter Dinge, dass er am nächsten Tag über die Qualifikation ins Zwölfer-Hauptfeld gelangen würde, woraus dann zwei Tage später der Europameister im Hammerwerfen ermittelt werden sollte.

Die Achtzig-Meter-Linie erreichte Sebastian an diesem Tag nicht, aber gegenüber seinen beiden Mitstreitern sah er sich schon im Vorteil.

Die Fahrt zurück ins Hotel und auch die Zeit beim Essen nutzte der Bundestrainer, um seinen Athleten auf die morgige Stimmung einzuschwören.

„Im Stadion wirst du morgen wenig Ruhe haben. Es finden zur gleichen Zeit sieben weitere Wettbewerbe statt, die von unterschiedlichsten Geräuschkulissen begleitet sind. Versuch dich von allem etwas abzuschotten und nur an dein Ding zu denken."
Sebastian versuchte die Ratschläge zu verinnerlichen und ging relativ früh auf sein Zimmer, nachdem sie sich für den nächsten Tag um 9 Uhr zum Frühstück verabredet hatten.

Auf dem Weg traf er neben einigen deutschen Athleten noch einmal auf Svetlana, die ihm mit einem Lächeln entgegenkam und herzlich umarmte. Sie fragte ihn in gebrochenem Deutsch, wann er seinen Wettkampf hätte und wie er sich fühlte.

Sebastian, der anfänglich noch ein bisschen unsicher wirkte, schilderte ihr den morgigen Ablauf und sprach auch kurz über sich und seine Stimmung.

Svetlana hörte ihm gespannt zu und ergänzte Sebastians Schilderung mit einigen gut gemeinten Worten. Es entwickelte sich ein kurzweiliges Gespräch, bei dem es mehrmals zu Missverständnissen kam, die aber mit einem beidseitigen Lächeln gleich richtiggestellt wurden.

Als sie sich nach einigen Minuten verabschiedeten, dachte Sebastian sich, dass Svetlana eigentlich eine ganz Nette sei und sie ihm trotz ihres gewaltigen Äußeren immer sympathischer geworden war.

Seine „Vergewaltigung" hatte ja nur mit dem Hormonstau zu tun gehabt, der durch die starken Anabolika bei beiden zustande gekommen war. Das Gespräch mit der Russin tat dem jungen Hammerwerfer sehr gut und so konnte er die Nacht des sexuellen Super-GAUs besser verarbeiten.

Ihr Gesicht, das auf ihn einen bleibenden Eindruck hinterlassen hatte, gefiel ihm gut und so hatte er sich eine kleine Gedankenwelt geschaffen, auf die er bei Bedarf zurückgreifen konnte.

Mit einem Buch und der gesunden Nervosität ging Sebastian ins Bett und konnte mit der Lektüre auf der Brust liegend die Nacht ohne Unterbrechung durchschlafen.

Seine Seele setzte ihre Attacke erst am nächsten Morgen, als er im Bad stand und sich die Zähne putzte, fort. Im Spiegel konnte er jetzt zum ersten Mal seine innere Stimme erblicken. Die daraus resultierende Diskussion belastete den jungen deutschen Hammerwerfer vor seinem ersten großen internationalen Wettkampf nochmals gewaltig. Sebastian diskutierte auf gleicher Augenhöhe mit seinem Gegenüber. Ganz eindringlich bekam er zu hören, dass der Weg, den er eingeschlagen hatte, der falsche sei. Dass er sein Ich verloren hätte, dass das Streben nach immer größeren Erfolgen mit verbotenen Mitteln längst den illegalen Bereich beschritten und er sich auch als Mensch verändert hätte.

Auf Sebastians Gegenargument, dass doch alle, die zu den Europameisterschaften nach Helsinki gekommen waren, sich der Droge bedienen würden, konterte sein Spiegelbild mit dem Hinweis auf das krankhafte Streben nach immer mehr, immer weiter, immer höher.

Jeder Mensch sei für sich selbst verantwortlich und sollte nach seinem eigenen Inneren entscheiden und sich nicht von Versprechungen und falschen Träumen verführen lassen.

Das saß, jetzt hatte Sebastian kein Gegenargument mehr und beendete das Zähneputzen, um seinem Spiegelbild zu entfliehen. Oberflächlich gelang ihm das, nur diese bohrende Stimme verfolgte ihn weiter bis zum Frühstück in die Hotellobby. Dort traf er auf den Bundestrainer, der sich sofort nach seinem Befinden erkundigte.

„Ich konnte gut schlafen", antwortete Sebastian spontan und verdrängte den morgendlichen Dialog mit seinem Gewissen. Beim gemeinsamen Frühstück versuchte Anton Ferber seinem Athleten die Nervosität etwas zu nehmen, indem er Sebastian seine Perspektiven aufzeigte.

„Du hast doch deine besten Jahre noch vor dir. Du bist der jüngste Teilnehmer im Hammerwerfen. Nutz den Wettkampf und sammle weitere Erfahrungen für deine Entwicklung!"

Was der Bundestrainer nicht ahnen konnte war der Anspruch von Sebastian, der wesentlich höher angesiedelt war. Für den jungen Hammerwerfer war das Vorrücken ins Finale Pflicht!

Ein Nebenprodukt des Medikamentenmissbrauchs war vor allem die Besessenheit nach Erfolg.

Dieses Teufelszeug brachte nicht nur die Muskeln fast zum Bersten, nein, es nahm auch Besitz von der Psyche und machte aus einem strebsamen jungen Athleten einen besessenen und krankhaft entschlossenen Hammerwerfer.

Nach einer Stunde beendeten sie das Frühstück und verabredeten sich für die Abfahrt zum Stadion eine halbe

Stunde später. Für Sebastian war es in dieser Phase sehr wichtig, dass er seine innere Stimme unterdrücken konnte.

Gegen 12 Uhr traf der Bus mit den Athleten im Stadion ein. Nach einer weiteren Stunde verabschiedete sich Sebastian auf dem Aufwärmplatz von seinem Coach und nahm mit viel Selbstvertrauen seine sportliche Herausforderung in Angriff.

Von zweiunddreißig gemeldeten Hammerwerfern, die in zwei Gruppen die Qualifikation bestreiten würden, kämen die zwölf besten am nächsten Tag ins Finale.

Sebastian war für die erste Gruppe ausgelost worden und musste schon in absehbarer Zeit sein Können beweisen.

Anton Ferber, der das Ganze von der Tribüne aus beobachtete, war guter Dinge, und so erwartete er eine spannende Ausscheidung.

Die Qualifikation, die bei idealem Sommerwetter stattfand, zeigte bereits im ersten Durchgang, dass man über siebenundsiebzig Meter werfen müsste, um am nächsten Tag in die Entscheidung eingreifen zu können.

Sebastian, der als zehnter Hammerwerfer in den Wettkampf einstieg, fügte seinem Trainer und den im Stadion befindlichen deutschen Funktionären zuerst einmal eine kleine Enttäuschung bei, als er den ersten Versuch voll ins Netz setzte.

Die schlimmste Zeit für einen Athleten ist in so einer Situation die Zeit bis zum zweiten Versuch, die nicht zu vergehen scheint. In dieser Phase kommen so viele Dinge in einem auf, die die Unsicherheit meist noch erhöhen.

Doch an diesem Tag hatte sich Sebastian voll im Griff. Mit seinem kaum zu bändigen Siegeswillen konzentrierte er sich jetzt nur auf das Wesentliche und ging deshalb fest entschlossen zum zweiten Versuch in den Ring.

Der Bundestrainer, der sich von seinem Sitzplatz auf der Tribüne kurz erhoben hatte, sah bereits beim Anschwingen des Hammers, dass der zweite Versuch wesentlich kontrollierter ablief. Die Weitenmessung bestätigte wenig später den Eindruck von Anton Ferber. 77,12 Meter konnte man auf der großen drehbaren Tafel lesen.

Mit einem lauten „Ja!" und einer geballten Faust registrierte der Bundestrainer die tolle Leistung seines Schützlings und setzte sich wieder auf seinen gelben Schalensitz.

Mit der Weite hatte sich Sebastian als zehnter Hammerwerfer für das Finale qualifiziert, das am folgenden Tag um 20 Uhr stattfinden würde. Ermutigt und zuversichtlich verließ das deutsche Hammerwurfteam das Stadion und fuhr mit dem Shuttlebus wieder ins Hotel zurück.

Dort wurden sie bereits von mehreren Funktionären erwartet, die ihnen zum Erreichen des Finales gratulierten.

Typisch!, dachte sich der Bundestrainer, als ich vor einem Jahr in Schwierigkeiten war, kannte mich keiner!

Sebastian fühlte sich gut. Seine innere Stimme trat nur dann mit ihm in Kontakt, wenn er schlecht drauf war, also hatte er gerade seine Ruhe vor ihr.

Nach der überstandenen Qualifikationsrunde schwebte der junge Hammerwerfer auf Wolke sieben und genoss das Abendessen und das Programm danach: eine Stunde beim Masseur, duschen und dann noch auf ein Bierchen in die Hotelbar.

Dort trafen sich alle Athleten, ob erfolgreich oder nicht. Sebastian gefiel es, sich mit den zahlreichen anderen Sportlern aus anderen Ländern auszutauschen. Gegen 23 Uhr ging er auf sein Zimmer und ließ den erfolgreichen Tag hinter sich.

Der nächste Tag gestaltete sich ähnlich. Konzentriert und locker bestiegen Bundestrainer und Athlet den Bus zum Stadion und trennten sich erst eine Stunde vor der Entscheidung.

Es war schon ein berauschendes Gefühl, als Sebastian mit den anderen Hammerwerfern durch das große Marathontor in die Arena geführt wurde. Sebastian lief es kalt den Rücken hinunter, als die sportbegeisterten finnischen Zuschauer die kräftigen Männer frenetisch begrüßten.

Den Wettkampf erlebte der junge Hammerwerfer wie im Rausch. So eine Stimmung hatte er bis dahin noch nicht erlebt. Es fiel ihm sichtlich schwer, sich auf das Wesentliche zu konzentrieren und dementsprechend lief es nicht optimal für ihn. Als zehnter verfehlte er den Endkampf sehr knapp und schied mit guten 76,66 Metern aus dem Wettbewerb. Ein bisschen enttäuscht, aber auch noch beeindruckt von der großen Kulisse, verließ Sebastian mit drei weiteren Mitstreitern das Stadion.

Nach dem Abendessen saßen Sebastian und der Bundestrainer noch länger in der Hotelbar und verarbeiteten den Tag erneut, um daraus weitere Lehren für die nächsten Großereignisse zu ziehen. Später führte Sebastian noch einige Gespräche mit anderen Athleten und ging gegen Mitternacht auf sein Zimmer.

Als er kurze Zeit später im Bett lag, war er nicht überrascht, dass sich sein Gewissen wieder bei ihm meldete, denn so ganz zufriedenstellend war der Tag für den jungen Hammerwerfer nicht verlaufen.

Die innere Stimme meldete sich geradezu schadenfroh und wollte Sebastian wieder auf den Pfad der Tugend zurückführen. Leider erreichte sie bei dem jungen Sportler nicht mehr allzu viel.

Der jetzt schon länger andauernde Anabolikakonsum hatte sein sensibles Inneres schon zersetzt und so kam es zu keiner Diskussion.

Sein Gewissen war so gut wie ausgelöscht, und so hatte die innere Stimme kein leichtes Spiel, Sebastian zu attackieren.

Um das Ganze zu umgehen, schaute er einfach bis in den frühen Morgen das Nachtprogramm des finnischen Fernsehens.

Am nächsten Tag ging er wieder leicht erholt mit einigen Nationalmannschaftskameraden ins Stadion, um die deutschen Teilnehmer anzufeuern. Im Kreise der Spitzensportler unterhielt man sich auch ganz offen über das Thema Doping. Alle anwesenden Athleten waren sich sicher, dass ohne die systematische Einnahme von Anabolika hier kein Blumentopf zu gewinnen war. In der

Gesprächsrunde, an der sich Sebastian anfangs nur zögerlich beteiligte, sprach man auch ganz schonungslos die Nebenwirkungen an. Neben Haarwuchs am ganzen Körper über verstärkte Akne auf dem Rücken und dem nicht zu bändigenden Sexualtrieb erzählte man sich die abenteuerlichsten Geschichten.
Sebastian tat die Runde gut. Jetzt war er nicht mehr allein und dass die anderen mit den gleichen Symptomen zu kämpfen hatten, beruhigte ihn vorerst.
Der Nachmittag wurde noch für einen Stadtbummel genutzt, bevor es dann am nächsten Tag mit dem Flieger nach Deutschland zurückging.
Vereinskameraden holten Anton und Sebastian vom Flughafen Köln-Bonn ab und brachten sie nach einer kleinen Feier in der Eckkneipe wieder nach Hause.
Der zehnte Platz bei einer Europameisterschaft wurde als Erfolg in der örtlichen Presse gehuldigt und so stand das Hammerwurfteam weiter im Licht der Öffentlichkeit. Die Wettkampfsaison für das Jahr 1977 beendeten die beiden nach dem internationalen Höhepunkt und ließen die Herbstwochen etwas langsamer angehen. Sebastian nutzte die Zeit, um sich auf sein letztes Semester an der Uni gut vorzubereiten.
Anton Ferber saß wieder etwas fester in seinem Amt und konnte deshalb der Zukunft optimistisch entgegensehen. Da in Sebastians wettkampffreier Zeit keine Nahrungsergänzungsmittel genommen wurden, erholte sich sein Körper von dieser Tortur und ließ wieder mehr menschliche Züge zu.

Auch sein enormer Drang nach sexueller Befriedigung reduzierte sich in der Folgezeit auf ein fast normales Maß und so ging Sebastian, wenn er keine Freundin hatte, nur einmal in der Woche ins Bordell.

Im nächsten Jahr gab es für den jungen Hammerwerfer neben seiner Abschlussprüfung an der Kölner Uni noch die Weltmeisterschaften in Stockholm. Das Training und das Studium wurden in den Wintermonaten weiter forciert und so kam Sebastian gut in das neue Jahr. Einen weiteren Auftrieb verschaffte ihm der Besuch seiner Eltern zwischen Weihnachten und dem Neujahrstag. Marianne und Lothar wollten sich in erster Linie davon überzeugen, ob ihr Filius wieder ins normale Leben zurückgefunden hatte.

Sie waren positiv überrascht, als sie die Tür zu seiner Studentenwohnung öffneten und ein ordentliches Apartment erblickten. Auch die gemeinsamen Gespräche, die zwischen den dreien in dieser Zeit stattfanden, waren fast wieder so vertraut wie früher, und das stimmte Sebastians Eltern doch sehr zuversichtlich, als sie am Neujahrstag ihre Heimreise antraten. Das Ergebnis dieser Einschätzung war Sebastians Anabolikapause zu verdanken.

Dieser Prozess, der zu dem Zeitpunkt noch einen Ausstieg ermöglicht hätte, wurde aber mit Beginn des neuen Jahres jäh unterbunden. Der Bundestrainer und Sebastian fuhren zwei Tage später zu ihrem Medizinprofessor in den Schwarzwald, um sich für das neue Wettkampfjahr mit anabolen Präparaten einzudecken.

Bei der Untersuchung und dem anschließendem Gespräch attestierte der Professor dem jungen Athleten eine hervorragende Fitness. Die verabreichten Pillen und Ampullen reichten für die nächsten zwei Monate und hatten einen wesentlich größeren Umfang als letztes Jahr. Dieser Besuch war der Beginn der neuen Saison, bei der die Weltmeisterschaften in Stockholm als sportlicher Höhepunkt ganz klar definiert wurden. Die Vernunft hatte jetzt keine Chance mehr gegen den enormen Drang nach Erfolg.

Zu dem Zeitpunkt hätte Sebastian vielleicht noch aufhören können, um als normaler junger Mensch zu leben.

Er war sich dessen nicht bewusst und so verlor er fast den letzten Rest seiner Menschlichkeit.

Die tägliche Einnahme seiner neuen Medikamente und das zielstrebige Training ließ sein Umfeld bald merken, dass bei Sebastian eine starke Veränderung eingetreten war.

Am meisten bekam das seine neue Freundin Anna zu spüren, die er drei Monate zuvor kennengelernt hatte. Standen am Anfang der Beziehung noch Zärtlichkeit und Zuneigung an erster Stelle, so veränderte sich Sebastian nach der täglichen Einnahme seiner anabolen Ergänzungsmittel ins Unmenschliche.

Der Sex, der anfangs die Beziehung wunderbar begleitet hatte, stand ab sofort aufgrund der Anabolikaeinnahme an erster Stelle. Und so erkannte Anna nach einer Weile, dass sie nur noch Mittel zum Zweck war und von Liebe keine Rede sein konnte. Dafür war sie sich zu schade und so trennte sie sich von Sebastian.

Ähnlich erging es Sebastian mit seinen Freunden, die seine Verwandlung auch nicht nachvollziehen konnten und sich so langsam von ihm distanzierten.

Zu dem Zeitpunkt, es war Mitte Februar, waren Sebastian und der Bundestrainer wieder auf sich allein gestellt. Da dieses Teufelszeug dem Studenten beim Erlernen des Stoffs an der Uni ebenfalls sehr guttat, ergaben sich bei den ersten Prüfungen nur die besten Noten.

Diese Tatsache beflügelte Sebastian noch mehr und er verhielt sich sehr angeberisch. Großer Erfolg, aber keine Freunde mehr. Diese neue Erkenntnis ermutigte Sebastians innere Stimme, wieder ihre Arbeit aufzunehmen um ihn an die moralische Verantwortung zu erinnern. Sie hatte keine Chance, denn die Medikamente hatten schon längst Besitz von der Psyche des jungen Athleten ergriffen.

Das Diplom, das er im Mai mit einem Notendurchschnitt von 1,7 abschloss, bestätigte ihn darin, auf dem richtigen Weg zu sein. Die Saison im Jahr 1978 begann ebenfalls sehr erfolgversprechend. Ein Blick auf die Weltrangliste im Juni bestätigte Sebastian auf dem dritten Platz mit einer Weite von 80,12 Metern. Als es ihm einen Monat später bei den deutschen Leichtathletikmeisterschaften gelang, den Hammer auf sagenhafte 81,33 Meter zu werfen, stand er an der Spitze.

Er war der große Star der deutschen Leichtathletik. Liveauftritte im Fernsehen, sein makelloser Körper schmückte die größten Werbetafeln in den Großstädten und selbst bei der Jugend galt er als großes Vorbild.

Die Printmedien taten ein Übriges. Nach dem Motto „Unser Land braucht einen Helden" wurde Sebastian Brandner von den Medien regelrecht hochkatapultiert. Alle großen Tageszeitungen setzten auf ihn und erhofften sich davon höhere Verkaufszahlen, die sie auch erreichten, denn Sebastian war in diesem Jahr nicht zu schlagen.

Er gewann bei den Deutschen Meisterschaften in Köln mit 80,88 Metern, erzielte beim Europacup in Split mit 81,19 Metern die beste Weite und holte sich als Favorit mit 82,54 Metern den begehrten Weltmeistertitel in Stockholm.

Im Herbst 1978 standen Sebastian alle Türen offen. Filmangebote und die Verleihung des Bundesverdienstkreuzes waren nur zwei von vielen Neuerungen in seinem Sportlerleben.

Bei einer von infas durchgeführten Befragung wählten ihn die Deutschen zu einem der zehn beliebtesten Persönlichkeiten im Lande.

Doch die schnelllebige Presselandschaft verlor in den nächsten Monaten das Interesse an Sebastian, da er seine Saison bereits abgeschlossen hatte und so nicht mehr in dem Maße auf sich aufmerksam machen konnte.

Diese Geltung zu verlieren traf den erfolgreichen Athleten doch schwerer als erwartet. Keine Freunde, seine Eltern hatten den Kontakt zu ihm mittlerweile ebenfalls abgebrochen, da er sich im letzten Jahr vom

Wesen so sehr verändert hatte und sie zudem noch öffentlich hart kritisiert hatte.

Anton Ferber, einige Funktionäre der LSV und zweitklassige Journalisten waren zu dieser Zeit die einzigen Gesprächspartner von Sebastian. Seine hervorragende berufliche Ausgangsposition ließ er ungenutzt und so lebte er nur noch für den Sport. Finanziell konnte er sich das leisten, da er von den Sponsoren weiter gut unterstützt wurde. In dieser labilen Stimmungslage unternahm Sebastians innere Stimme einen weiteren Versuch, ihn wachzurütteln. Sie traf ihn ganz unerwartet, als er sich gerade Filme von seinen sportlichen Erfolgen ansah, die er in der Zeit brauchte, um seine kippende Gemütsverfassung noch zu stoppen.

„War es das, was du wolltest – hier allein in deiner Wohnung im Schlafanzug am helllichten Tag Filme aus der Vergangenheit anzusehen?

Kann so etwas von einem jungen Menschen anzustreben sein, der sein geistiges Potential mit den Füßen tritt, nur um ein Gewicht aus Eisen durch die Luft zu schleudern?

Seine Konkurrenten zu betrügen, indem man unerlaubte Mittel zu sich nimmt? Soll das der Lebensinhalt eines intelligenten jungen Menschen sein?

Schäm dich, Sebastian Brandner, du hast, nur um im Sport erfolgreich zu sein, deine ganzen Ideale weggeworfen, die dich deine Eltern gelehrt und dir vorgelebt haben.

Schau dich nur an, du armselige Kreatur, wie du dein Leben lebst!"

„Aufhören, aufhören!", schrie Sebastian laut durch seine unaufgeräumte Wohnung und presste sich zwei Kissen auf die Ohren, um die Vorwürfe nicht mehr hören zu müssen.

Nur kam die Stimme aus seinem Inneren, und dagegen konnte er nichts tun.

Er lag auf dem Boden und krümmte sich, er schrie laut und riss den Stecker des Filmvorführgerätes aus der Steckdose, nur um endlich von der inneren Stimme befreit zu werden.

Es gelang ihm nicht. Sebastians Gewissen nagte noch eine Weile an seinem Selbstwertgefühl herum, ohne ihn aber umstimmen zu können. Nach Beendigung dieser Tortur griff Sebastian spontan zum Telefonhörer und rief ganz aufgeregt beim Bundestrainer an, um ihm die quälende Diskussion mit seiner inneren Stimme zu schildern. Kurze Zeit später stand Anton Ferber in der unaufgeräumten Wohnung und beruhigte seinen Schützling. Um die wettkampffreie Zeit besser überbrücken zu können, bot der Bundestrainer Sebastian an, mit ihm eine einwöchige Reise nach Moskau zu unternehmen, um sich schon einmal die Wettkampfstätten der Olympischen Spiele anzusehen, die das nächste Mal in der sowjetischen Hauptstadt stattfinden sollten. Der Gedanke an die größte sportliche Herausforderung eines jeden Athleten, die Teilnahme an den Olympischen Spielen, beflügelte den in der letzten Zeit doch sehr gebeutelten Hammerwerfer, spontan zuzusagen. Und so flogen die beiden in die russische Metropole.

Mit der Reise verschaffte sich Sebastian wieder etwas Luft gegenüber seiner inneren Stimme. Und im Verlauf dieser Städtereise hielt sich sein Gewissen mit weiteren Vorwürfen zurück und so hatte er die Zeit, sich mit dem Bundestrainer über die nächsten Großereignisse zu unterhalten und daraus gewisse Strategien zu entwickeln.
Gut erholt landeten die beiden eine Woche später wieder in Deutschland. Die schönen Erinnerungen und Eindrücke der Reise verschafften dem jungen Hammerwerfer wieder etwas Ruhe vor seiner inneren Stimme. Zudem keimte auch schon die Vorfreude auf den großen Event, die Olympischen Spiele, in ihm auf. Mit diesen positiven Gedanken überbrückte er die Zeit bis zum Trainingsbeginn im Oktober.
Auch dieses Mal fuhren der Bundestrainer und Sebastian in den Schwarzwald, um sich beim Sportprofessor wieder mit neuen Anabolika einzudecken. Die Medikamente wurden immer effektiver, ohne dass groß auf ihre Nebenwirkungen eingegangen wurde.
Der Beipackzettel beunruhigte die beiden nur anfangs, da die Anwendung lediglich an Tieren getestet worden war und somit über die Auswirkungen auf den Menschen nichts aussagte. Unter anderem war hier zu lesen, dass bei drei Ampullen täglich ein Stier im Verlauf eines Monats dreißig Kilogramm Muskelfleisch zulegen konnte. Sebastians Plan verordnete ihm eine tägliche Ration von zwei Einheiten.
„Wenn ich ein Stier wäre, würde ich in einem Monat dreißig Kilogramm zunehmen", machte er sich über sich

selbst lustig, ohne die große Gefahr zu erkennen, die in dem Mittel steckte.

Nach zwei Tagen verließen sie den Schwarzwald wieder und kamen mit den neuen Anabolika in Pirin an.

Die Mittel motivierten den jungen Hammerwerfer so, dass er bereits eine Woche vor dem ursprünglich geplanten Start sein Wintertraining begann. Sebastians Ernährungsplan sah mittlerweile so aus, dass er täglich zwei Ampullen, sechzehn Tabletten und drei Briefchen mit Pulver zu sich nahm.

Zu dem Medikamentencocktail gab es am Abend noch eine große blaue Tablette, die in der Zusammensetzung so angelegt war, dass sie sämtliche verbotene Rückstände, die sich im Blut sammelten, einfach verschwinden ließ. Anton Ferber nannte die Tablette die „Gutes-Gewissen-Pille".

In der Öffentlichkeit wurde das Thema Doping zum ersten Mal etwas lauter diskutiert, da es weltweit immer mehr mysteriöse Todesfälle von jungen Sportlern gab, die man nicht erklären konnte, beziehungsweise: die nie aufgeklärt wurden. Die LSV reagierte sofort und verpasste jedem Kaderathleten einen sogenannten Maulkorb.

Dieser Erlass untersagte, mit der Presse über das leidige Thema Anabolika zu sprechen.

Da Verdachtsmomente gerade bei den „schweren Jungs" vorhanden waren, wurde es für Sebastian und den Bundestrainer nicht gerade einfacher, diesem Thema zu entfliehen.

Gerade in den ersten Trainingswochen riefen mehrmals Reporter bei den beiden an, um sich ein Bild vom aktuellen Thema zu machen. Die Gespräche waren alle sehr kurz gehalten und so überstand Sebastian die Zeit, ohne einen Imageschaden zu erleiden. Kontrollen gab es nicht, da sich das ganze System noch in den Kinderschuhen befand. Zudem war die Pharmaindustrie immer einen Schritt voraus, sodass es nie zu einem positiven Befund kam.

Die Sorge um sein leibliches Wohl verdrängte Sebastian immer mehr, da sein Fokus ganz klar auf die Olympischen Spiele in Moskau gerichtet war. Und um sein Ziel, das er sich selbst gesteckt hatte – nämlich Olympiasieger zu werden –, zu verwirklichen, gab es ab sofort keine Kompromisse mehr, die ihn in irgendeiner Weise von seinem Vorhaben abbringen konnten. Der neue Medikamentenmix hatte, neben den vielen Wachstumshormonen, auch noch eine Beimischung von suchtfördernden Substanzen.

Das Ganze machte sich insofern bemerkbar, dass Sebastian immer mehr den Drang verspürte, noch mehr von seinen Tabletten, Ampullen und Pülverchen zu sich zu nehmen. Nach drei Monaten war er endgültig süchtig geworden und schluckte nun alles, was er gerade bekommen konnte.

Dem Bundestrainer blieb das Ganze nicht verborgen und so musste er schnell etwas dagegen unternehmen. Nach Rücksprache mit dem Professor stellte er Sebastians Medikamentenmix auf Alternativpräparate um. Mit einigen Ausfallserscheinungen und einer zweiwöchigen

Trainingspause überstand Sebastian die schwierige Situation und freute sich schon sehr auf die nun anstehende vorolympische Saison.

Sein Aussehen hatte sich enorm verändert. Sein Körper bestand eigentlich nur noch aus künstlich produzierten Muskeln und so kam er sich in normaler Kleidung eher etwas komisch vor.

Hinter seinem Rücken wurde natürlich gemunkelt, dass man so einen imposanten Muskelberg nicht ohne die Beimischung von Wachstumshormonen zustande brächte.

Die Presse begleitete diese Gerüchte mit einigen kritischen Artikeln, ohne aber konkret auf die Vorwürfe einzugehen. Das einzige Unbehagen, das Sebastian wieder belastete und das ihn schonungslos attackierte, war sein Gewissen, das sich jetzt wieder bestätigt sah, in die Diskussion einzusteigen.

Sebastian hatte Angst vor seiner inneren Stimme, da sie ihm in der Vergangenheit bereits mehrmals schwierige Zeiten beschert hatte. Meistens kam sie nachts, wenn Sebastian in Gedanken versunken im Bett lag. Und so war es auch diesmal wieder.

„Schau dich einmal an, wie du aussiehst. Du bist doch nur noch ein Muskelberg ohne Seele, ohne Menschlichkeit und Gefühle. Du hast keine Freunde, du vegetierst nur noch vor dich hin, und das bei deinen Voraussetzungen! Du hast ein Hochschulstudium mit 1,7 abgeschlossen und versauerst jetzt als plumper, stupider Fleischberg mit deinem blöden Hammer und deinem skrupellosen Trainer! Sebastian, schäm dich!"

Schimpfkanonaden wie diese wiederholten sich mehrmals hintereinander. Ganz tief in ihm drin war doch noch ein Gefühl, das seine schlimme Situation erkannte.

Um sich jetzt noch zu ändern, war es allerdings schon viel zu spät. Und genau diese Hilflosigkeit brachte ihn dann immer zur Verzweiflung. Der Druck war es, der sein Leben immer mehr einschränkte. Außer am Hammerwerfen hatte er keinen Gefallen mehr am Leben. Sebastian konnte sich am besten gegen die innere Übermacht wehren, wenn er im Training hervorragende Leistungen erzielte. Dieser Drang trieb ihn von einer Trainingsbestleistung zur anderen.

Im vorolympischen Jahr stand noch ein Länderkampf gegen die UdSSR an, bei dem sich alle Favoriten noch einmal in der Öffentlichkeit sehen lassen konnten. Selbstverständlich wurde zwischen den beiden Verbänden vereinbart, dass es keine Dopingkontrollen geben würde.

Allein diese Tatsache ließ hervorragende Ergebnisse erwarten. Die UdSSR gewann den Ländervergleich mit 128:112 und neben vielen guten Resultaten konnte sich auch Sebastian in der Weltspitze etablieren.

Mit seiner Siegerweite von 83,06 Metern erreichte er einen neuen Europarekord, und dementsprechend gut gelaunt gab er sich, als ihm nach seinem Sieg die vielen Mikrofone vors Gesicht gehalten wurden. Selbstbewusst erklärte er jedem, der es hören wollte, dass der Olympiasieg nächstes Jahr in Moskau nur über ihn ginge. Genau so etwas wollte die anwesende Presseschar hören und dementsprechend waren am nächsten Tag die Gazetten mit Sebastians markigen Sprüchen gefüllt.

Mit der tollen Leistung gelang es ihm wieder, seine innere Stimme zum Schweigen zu bringen. Diese Momente genoss der neue Europarekordinhaber in vollen Zügen und zeigte seine Freude in der Öffentlichkeit. Und da kamen ihm die Deutschen Meisterschaften in Berlin gerade recht.

Im Vorfeld der Meisterschaften sickerte durch, dass die neu ins Leben gerufene Dopingkontrollstelle Stichproben in Berlin durchführen würde. Der Bundestrainer bekam von der LSV jedoch die Information, dass lediglich drei Kontrollen durchgeführt werden sollten. Die Möglichkeit, dass es dabei Sebastian treffen könnte, war doch sehr gering und deshalb maßen die beiden der Angelegenheit keine allzu große Bedeutung bei. Sebastian konsumierte nach wie vor seinen Medikamentenmix und fuhr guter Dinge nach Berlin, um seinen zweiten deutschen Meistertitel zu holen.

Parallel dazu erhielt der Bundestrainer Anton Ferber Post vom Professor aus dem Schwarzwald, der ihm die Ergebnisse von Sebastians letzter sportmedizinischer Untersuchung mitteilte.

Der Befund war sehr belastend, da sich speziell die Leberwerte neben den anderen Blutwerten extrem verschlechtert hatten. Der Professor riet den beiden zum sofortigen Tablettenstopp, da sonst Lebensgefahr bestünde. Zudem vergrößerten sich Lunge und Milz unverhältnismäßig schnell.

Das war ein weiteres Signal, dem Ganzen ein Ende zu setzen. Aus taktischen Gründen wartete der Bundestrainer mit der schlechten Nachricht bis nach den Meisterschaften.

Die Qualifikation überstand Sebastian mit einem Sicherheitswurf von 74,12 Metern als dritter und so stand nichts mehr im Wege, was seinen Erfolg am nächsten Tag noch hätte gefährden können.

Die Deutschen Leichtathletikmeisterschaften in Berlin wurden live im ZDF übertragen. Natürlich war zu dem Zeitpunkt auch der Fernseher im Hause Brandner in Gerching eingeschaltet, als die Entscheidung übertragen wurde.

Obwohl der Kontakt zu ihrem Sohn seit mittlerweile über einem Jahr unterbrochen war, konzentrierten sich Marianne und Lothar auf den Hammerwurfwettbewerb. Als Sebastian Brandner im Vorspann vorgestellt wurde, brach Marianne spontan in Tränen aus. Sie erkannte ihren eigenen Sohn nicht wieder. Sebastians Gesicht war total mit Akne übersäht. Selbst die Gesichtsmuskeln waren überproportional ausgeprägt und bescherten ihrem Kind eine bis dahin nicht gekannte Strenge.

„Lothar, was ist nur aus unserem Sohn geworden?"

Mit dieser Frage und einem tiefen Schluchzer wandte sich Marianne vom Fernsehgerät ab und lief in die Küche. Nein, so hatte sie sich das „Wiedersehen" nicht vorgestellt. Sebastians Vater nahm das Ganze äußerlich etwas gelassener auf, war aber innerlich genauso betroffen wie seine Frau. Im weiteren Verlauf kommentierte der Reporter den Hammerwurfwettbewerb und hob Sebastian als eine der wenigen Goldhoffnungen der LSV heraus. Sebastian wurde seiner Favoritenrolle gerecht und siegte mit 82,88 Metern klar vor den weiteren Teilnehmern. Lothar Brandner hatte nach dem Hammerwurfwettbewerb zwei Seelen in seiner Brust. Die eine war stolz, dass sein Sohn jetzt als Olympiafavorit gehandelt wurde, die andere entsetzt, wie sehr sich Sebastian verändert hatte.

♦ ♦ ♦

Für Sebastian war in Berlin der Wettkampf gerade zu Ende, als plötzlich zwei Vertreter der Dopingkommission bei ihm auftauchten und ihn zu einer Urinprobe abholen wollten. Schlagartig bekam der Modellathlet weiche Knie und auch sein mit Pickeln übersätes Gesicht rötete sich zunehmend. Glücklicherweise stand Anton Ferber neben seinem Athleten, als sich der Super Gau für die beiden anbahnte. Der Bundestrainer reagierte blitzschnell und nahm seinen Schützling zur Seite, murmelte ihm etwas ins Ohr und ging dann mit ihm wieder zu den Kontrolleuren. Gemeinsam verschwanden die vier im Sanitätsbereich des Olympiastadions, um die Sache hinter sich zu bringen. Anton Ferber nutzte die Unerfahrenheit der Dopingkontrolleure schamlos aus, indem er mit seinem Schützling gemeinsam die Toilette betrat und ganz unverfroren selbst in den Becher urinierte. Diesen gab er sofort an Sebastian weiter und tat so, als ob gar nichts gewesen wäre.

Sichtlich erleichtert verließen die beiden den Raum, übergaben den Kontrollorganen den Urin und gingen von dannen, als ob überhaupt nichts passiert wäre.

„Wow, das war aber knapp", kommentierte der Bundestrainer den Zwischenfall, und Sebastian fand auch nur langsam wieder zu sich.

Mit dem grandiosen Erfolg und der nach außen hin bestätigten negativen Dopingkontrolle hatte sich Sebastian mit einem Schlag gegen alle Dopinggerüchte behaupten können. Er war sauber und die Öffentlichkeit beruhigt.

Alles war gut. Attraktive Werbeverträge, Aufstockung der Zahlungen der Deutschen Athletenhilfe, Vorbild für die Jugend und ein Gesprächspartner, mit dem sich vor allem Politiker und Manager der großen deutschen Industrieunternehmen gerne präsentierten. Als nach ein paar Wochen die Aufmerksamkeit der Presse zwangsläufig etwas nachgelassen hatte, meldete sich auch Sebastians innere Stimme wieder. Er hatte immer noch kein Mittel gefunden, gegen diese quälenden und hartnäckigen Attacken vorzugehen. Natürlich griff Sebastians Gewissen die Manipulation der Doping-kontrolle auf, um ihn doch noch einmal auf den Pfad der Tugend zurückzubringen.

„Jetzt hast du den letzten moralischen Boden verlassen. Mit dem Urinaustausch hast du kriminell gehandelt. Das war arglistige Täuschung der Öffentlichkeit, und die wird vor Gericht strengstens bestraft." Diese Schimpfkanonade musste er noch weiter über sich ergehen lassen. Der Umgangston wurde rauer und so fühlte sich Sebastian nach der erneuten Abrechnung wieder wie gerädert. Nur gut, dass der Deutsche Meistertitel der letzte große Wettkampf im Jahr 1979 gewesen war und Sebastian sich jetzt in der trainingsfreien Zeit befand.

Keine Freunde, keine Hobbys, kein Kontakt zu seinem Elternhaus, und durch eine Urlaubsreise seines Trainers fehlte ihm die einzige Bezugsperson, die ihm noch geblieben war und ihm hätte helfen können, sich den negativen Einflüssen zu entziehen.

Diesen Sachverhalt machte sich Sebastians innere Stimme zunutze und verstärkte ihre Attacken. Im Stundentakt bohrte sein Gewissen immer in die gleiche Wunde. Über kurz oder lang war klar, dass der Modellathlet dem nicht mehr standhalten konnte, und so flüchtete Sebastian sich wieder in den Alkohol. Nächtelange Kneipentouren, die natürlich der Öffentlichkeit auch nicht verborgen blieben, waren jetzt die einzige Abwechslung in seinem tristen Leben.

Ab einem gewissen Alkoholpegel fand er den Mut, seinen Stammtischbrüdern von seinem wahren Leben zu erzählen. Die Versuche, sich von dem schlechten Gewissen auf diese Weise zu befreien, tat ihm sehr gut, nur mit dem Erwachen am nächsten Morgen bohrte seine innere Stimme wieder weiter, was ihm jeden Morgen große Angst bescherte.

Als Tage später ein erstes Foto von ihm in der Sportzeitung erschien, das ihn ganz offensichtlich stark alkoholisiert zeigte, änderte Sebastian seine Strategie, indem er jetzt das Bier und den Schnaps bei einem Getränkemarkt besorgte. Dem öffentlichen Druck konnte er sich so entziehen, nur seinem Ich tat diese Flucht gar nicht gut. Im Gegenteil, denn seine innere Stimme, die jetzt die komplette Kontrolle über Sebastian übernommen hatte, bestätigte ihm die absolute Charakterschwäche und folterte ihn in unregelmäßigen Abständen weiter.

Sebastians vorläufige Rettung kam gerade noch zur rechten Zeit. Anton Ferber meldete sich nach dreiwöchigem Urlaub bei seinem Schützling und hatte ein neues Konzept ausgearbeitet, die ihrem gemeinsamen Ziel, Olympiasieger in Moskau zu werden, weitere Nahrung gab. Die Kraftwerte waren bei Sebastian schon ausgereizt und über diese Schiene war es nicht mehr möglich, eine weitere Leistungssteigerung zu erzielen.

„Die ausländische Konkurrenz schläft nicht", warnte Anton Ferber Deutschlands große Olympiahoffnung, indem er ihm Ergebnislisten von den amerikanischen Meisterschaften vorlas, bei denen Mike Sutterland mit guten 82,44 Metern den Titel errungen hatte.

Zudem war dem Bundestrainer Sebastians alkoholische Vergangenheit nicht verborgen geblieben und so appellierte er noch einmal eindringlich an den jungen Sportler, das Ganze nicht auf die leichte Schulter zu nehmen.

Der Alkohol hatte bereits kleine Kerben in Sebastians Psyche hinterlassen und der plötzliche Wegfall der täglichen Biere und Schnäpse brachten seine Hände immer stärker zum Zittern. Morgendliche Schweißausbrüche begleiteten zudem die großen Schwierigkeiten. Nach einer Woche mit vielen Problemen hatten die beiden es doch noch geschafft, Sebastian vom Alkohol wegzubringen und sich wieder intensiv dem Leistungssport zu widmen.

Der Oktober 1979 war der Monat für das Grundlagentraining, bei dem der Grundstein für das große Ziel, Olympiasieger zu werden, gelegt werden sollte.

Parallel dazu fuhren Sebastian und der Bundestrainer zu ihrem Sportprofessor, der ihnen die notwendigen Ergänzungsmittel verabreichte und die alljährliche sportärztliche Untersuchung durchführte.

Auch dieses Mal erkannte der Professor bei Sebastians Werten einige Unregelmäßigkeiten, die sich als besorgniserregend herausstellten.

Die Leber kam ihrer Funktion nur noch bedingt nach, da ihre Beschaffenheit bereits Auflösungserscheinungen zeigte und dieser Mangel in der Zukunft nur noch mit starken Medikamenten zu beheben wäre.

Neben diesem schwerwiegenden Befund war die Vergrößerung aller anderen inneren Organe auffällig. Das Abschlussgespräch war aus diesem Grund sehr ernst, und nur mit zusätzlichen Medikamenten und einem absoluten Alkoholverbot konnte das Unternehmen Olympiade aufrechterhalten werden.

Bei der Rückfahrt nach Pirin war die Stimmung sehr gedrückt und der erhoffte Aufschwung durch den neuesten Medikamentencocktail konnte das Duo nicht aus der beklemmenden Stimmung herausholen.

Es dauerte noch geraume Zeit, bis sie die neue Situation verarbeitet hatten. Mit dem zunehmendem Training und den technischen Fortschritten kam die positive Stimmung langsam wieder in das Trainingsgespann zurück. Und so passte es gut, dass sie Anfang November mit dem gesamten Kader der deutschen Leichtathletiknationalmannschaft nach Portugal ins Trainingslager flogen.

Das schöne Wetter und die bestens präparierten Trainingsanlagen trugen dazu bei, dass die Formkurve steil nach oben verlief. Durch den Verzehr seiner neuen anabolen Nahrungsergänzer meldete sich auch Sebastians Sexualtrieb wieder und wollte natürlich angemessen befriedigt werden.

Aber dies stellte im Verlauf des Aufenthalts kein Problem dar, da auch weibliche Athleten zugegen waren, die den Drang im gleichen Maße verspürten. Und so standen neben den Trainingseinheiten auch noch andere Vermerke im Trainingsbuch von Sebastian Brandner. Acht Athletinnen mit insgesamt dreißig intimen Handlungen hielten bei dem jungen Hammerwerfer die innere Balance, um sich sportlich weiterentwickeln zu können.

Bestens gelaunt und voller Ehrgeiz kamen sie zwei Wochen später wieder in Pirin an und waren guter Dinge, das Unternehmen Olympische Spiele erfolgreich hinter sich bringen zu können. In der schönen Umgebung von Portugal hatte Sebastians innere Stimme keine Chance gehabt, sich Gehör zu verschaffen. Doch jetzt, im tristen und kalten November Deutschlands, kam sie mit voller Wucht zurück.

Ausschlaggebend für die neuen Attacken war die Aussage vom Sportprofessor im Schwarzwald, der ihm zu verstehen gegeben hatte, dass seine inneren Organe in höchster Gefahr waren.

Dies belastete Sebastian sehr und so verdrängte er die Realität weiter. Am besten gelang ihm das, indem er seinen Trainingsaufwand weiter steigerte, um so die Befriedigung zu bekommen, die er einfach benötigte, um der inneren Stimme Paroli bieten zu können. So ergaben sich weiter hervorragende Trainingswerte, die auch den Bundestrainer sehr zuversichtlich stimmten.

Um den anstehenden Erfolg nicht zu gefährden, unterbreitete Anton Ferber seinem Athleten ein Angebot, das der Junge gern annahm.

Der Bundestrainer bezog mit Sebastian vorübergehend eine gemeinsame Wohnung, in der die zwei sich jetzt ausschließlich auf das große Ziel vorbereiten konnten. Dies beflügelte Sebastian, da er in der letzten Zeit keinen Kontakt zu dritten gehabt hatte. Den Bruch mit seinen Eltern, den anderen Vereinsmitgliedern, seinen Studienkollegen und ehemaligen Freunden registrierte er jetzt nicht mehr.

Seine Psyche verdrängte die emotionalen und menschlichen Bedürfnisse so sehr, dass er gar nicht mehr in Lage gewesen wäre, sich allein in einer Gesellschaft zurechtzufinden. Durch seine Popularität und die

Darstellung in der Pressewelt kam der Mangel bei der Allgemeinheit nicht zum Vorschein.

Der Schachzug des Bundestrainers zahlte sich schon bald aus. Die Kraftwerte von Sebastian waren sensationell. Die tiefe Kniebeuge machte er mit dreihundertvierzig Kilogramm, beim Bankdrücken schaffte er zweihundertzwanzig Kilogramm und beim Reißen kam er auf hundertachtzig Kilogramm.

Bei den Sprüngen verhielt es sich ähnlich. Beim Standweitsprung erzielte er 3,23 Meter und beim Fünferhopp 19,22 Meter. Dass er die sechzig Meter auch noch in einer Zeit von 7,44 Sekunden lief, rundete seinen famosen Trainingszustand noch ab.

Der Bundestrainer konnte sich nicht daran erinnern, dass in der Vergangenheit jemals einer seiner Athleten annähernd solche Werte erreicht hatte. Zudem wurde das immer noch vorhandene Sexualproblem vom Bundestrainer elegant gelöst. Sebastian ging dreimal pro Woche ins Bordell, und die Rechnung verbuchte die LSV unter „Soziales".

In dieser sehr verheißungsvollen sportlichen Ausgangslage verbrachte Sebastian mit seinem Trainer den ersten Weihnachtsfeiertag 1979. Nach einem guten Essen verzichtete Sebastian nach wie vor auf alkoholische Getränke und beließ es bei Mineralwasser und Früchtetee. Fast belanglos nahmen sie die Information dieser Tage aus dem Fernsehen auf, das den Einmarsch der Roten Armee in Afghanistan zeigte. Noch ahnte keiner der beiden, dass dieses Ereignis ihr Leben in der nächsten Zeit entscheidend beeinflussen sollte. Die Zeit zwischen Weihnachten und Neujahr diente den beiden als notwendige Trainingspause, um sich neu zu sammeln und dann gestärkt den zweiten Teil des Wintertrainings in Angriff nehmen zu können.

In diesen Tagen bemerkte Sebastian ein leichtes körperliches Unbehagen. Fortwährendes Stechen im Rückenbereich, und auch das Atmen fiel ihm schwerer. Diese Beschwerden waren aber schon länger vorhanden. Nur: Durch den ständigen hohen Trainingsumfang wurde extrem viel Adrenalin von seinem Körper produziert und durchgepumpt, was ihn die vorhandenen Schmerzen nicht so sehr spüren ließ.

Auf diesen Zeitpunkt hatte Sebastians Gewissen schon lange gewartet. Nun hatte seine innere Stimme genügend negative Erlebnisse gesammelt, um noch einmal zu versuchen, den Körper umzustimmen und ihn doch noch zu retten.

Dieses Mal änderte sie ihre Taktik. Nicht mehr so laut und brutal, nein, jetzt kam sie mit eher leisen Tönen, die aber ihre Wirkung keinesfalls verfehlten.

Mit ihrer bösen, spöttischen Art zählte sie noch einmal alle Negativerlebnisse auf, die Sebastian in diese schwierige Situation gebracht hatten. „Alle wertvollen menschlichen Attribute wie Familie, Freunde, ein solides Berufsleben, Liebe, Zärtlichkeit, Sensibilität, sich mit Problemen auseinandersetzen zu können und einfach offen zu sein für neue Sachen, all dem hast du in den letzten Jahren nie eine Chance gegeben, und so bist du immer noch geblendet von deinen sportlichen

Wahnvorstellungen, die eigentlich nur noch in deiner Fantasie vorhanden sind!"
Dieser Angriff blieb nicht ohne Folgen.
Sebastian konnte dieses Mal seine innere Stimme nicht so schnell verdrängen und fand tatsächlich noch einmal einen Ansatz, sich mit seinem Gewissen auszutauschen. Er suchte jetzt sogar den Dialog und verteidigte sein bisheriges Vorgehen.
„Seit gut acht Jahren habe ich mein komplettes Leben dafür geopfert, einmal Olympiasieger zu werden. Alle Medien unterstützen mich dabei. Ich bin ein Vorbild für die Jugend, ich habe Werbeverträge, ich habe mein Hobby zum Beruf machen können, ich bereise die ganze Welt, ich bin berühmt, ich ..."
„Du bist das alles nur in deiner Traumwelt", unterbrach ihn seine innere Stimme. „Sebastian, du bist ein Träumer! Wach auf, bevor es endgültig zu spät ist!"
Das war der letzte Dialog zwischen Sebastian und seiner inneren Stimme. Als Sebastian am nächsten Morgen erwachte, konnte er sich noch wage an sein Traumgespräch erinnern, das wie so oft negativ geendet hatte.
Ein weiteres Nachfragen gab es nicht mehr, da Sebastian schlechte Nachrichten lieber verdrängte. Und so begann der Bundestrainer mit einer der wenigen deutschen Goldhoffnungen für die Olympischen Spiele in Moskau den letzten Trainingsabschnitt mit großer Zuversicht. Das Ganze wurde noch bestätigt durch Sebastians extrem gute Trainingswürfe. Das Stechen und Unwohlsein hatte sich wieder verflüchtigt und so ging Sebastian weiter

frisch motiviert in jedes Training. Unterbrochen wurde der Trainingsrhythmus nur durch Fahrten in den Schwarzwald zum Sportprofessor, von dem Sebastian weiterhin die neuesten Errungenschaften der deutschen Pharmaindustrie bekam.

Parallel dazu checkte der Professor Sebastian durch und ließ die Blutwerte im Labor untersuchen. Tage später — der Athlet war bereits wieder abgereist — bekam der Professor das Ergebnis dieser Blutuntersuchung. Nach dieser Einschätzung vertieften sich die Sorgenfalten des Arztes.

„Ich werde da doch nichts übersehen haben", hinterfragte er seine eigene Einschätzung.

Nach mehrmaligen Überprüfungen kam er zu dem Schluss, das Sebastian sofort mit der Einnahme von anabolen Mitteln aufhören müsse. Als höchst bedenklich stufte der Sportprofessor Sebastians Organwerte ein, da es hier im Vergleich zur letzten Untersuchung keine Verbesserung gegeben hatte. Ganz im Gegenteil. Er schrieb einen vertraulichen Brief an den Bundestrainer und ordnete einen sofortigen Medikamentenstopp an.

„Was soll ich nur machen?", verdrängte Anton Ferber das soeben Gelesene. Sebastian befand sich doch mitten in den Vorbereitungen zum größten Sportereignis der Welt und würde bei einem normalen Verlauf um eine olympische Goldmedaille kämpfen.

Die Diskussion um den umstrittenen Einmarsch der Roten Armee in Afghanistan wurde im Februar 1980 immer lauter und die Proteste kamen aus der ganzen westlichen Welt. Den Regierungen der NATO waren die

Hände gebunden und so wurde das Thema in den Medien immer weiter in den Mittelpunkt gerückt. Da es keine kriegerischen Reaktionen auf den barbarischen Einmarsch der russischen Armee in das arme Land geben konnte (so wurde der Einmarsch zumindest in der westlichen Pressewelt dargestellt), suchte man nach anderen Sanktionen, um den Konflikt zu entschärfen.

Am 1. März 1980 wurde von der Politik erstmals ein Olympiaboykott erwogen und in den westlichen Medien flächendeckend verbreitet. Sebastian und den Bundestrainer erreichte die schlechte Meldung am Abend, als sie nach zwei Trainingseinheiten gegen 20 Uhr vor dem Fernseher saßen und die Tagesschau ohne großes Interesse verfolgten. Mit der überraschenden Meldung hatte keiner der beiden gerechnet und so waren sie fast geschockt, als sie die Nachrichten sahen. In der anschließenden Diskussion wurde die Mitteilung eigentlich nur als Drohung angesehen, um gegen den Warschauer Pakt ein Zeichen zu setzen.

In den nächsten Tagen wurde das Thema kleingeredet und der Trainingsalltag war wieder eingekehrt. Viel mehr belastete den Bundestrainer das Schreiben vom Sportprofessor aus dem Schwarzwald, der für seinen Schützling eine äußerst düstere Zukunftsprognose gestellt hatte.

Hilfesuchend wandte sich Anton Ferber mit Sebastians gesundheitlichen Problemen an das Präsidium der LSV, um sich von offizieller Seite beraten zu lassen.

Von Funktionärsseiten wurde die Hinhaltetaktik empfohlen, um den in drei Monaten erwarteten

Olympiasieg von Sebastian nicht zu gefährden. Denn von Seiten der LSV rechnete zu diesem Zeitpunkt niemand damit, dass der erwogene Olympiaboykott tatsächlich durchgezogen würde.

Und so entschloss sich der Bundestrainer, seinen Athleten noch einen Monat im Unklaren zu lassen, um ihr gemeinsames Ziel nicht zu gefährden. Sebastian selbst hatte neben seinen bereits bekannten Schmerzen im Rücken und im Brustbereich keine größeren Beschwerden. Das überraschte schon irgendwie, da seine Werte im Bericht des Professors als lebensbedrohlich eingestuft werden konnten. Die Mittel, die der Professor Sebastian und vielen anderen Spitzensportlern über Jahre verabreicht hatte, stammten größtenteils aus der Kälbermast. Da die Tiere meist nur ein Lebensalter von einem Jahr erreichten, konnte man die Spätfolgen nicht erforschen und nun trat das ein, was niemand aus der medizinischen Abteilung für möglich gehalten hatte. Durch den jahrelangen Konsum waren neben den Muskeln auch die inneren Organe in einem Maß beeinträchtigt worden, das sie für die Medizin irreparabel werden ließ. Herz, Lunge, Leber, Nieren und auch die Milz vergrößerten sich in ähnlicher Form wie der Muskelapparat und konnten über kurz oder lang nicht mehr ausreichend vom Körper versorgt werden. Sebastian spürte noch nichts von dem drohenden Unheil, da er noch voll im Training stand und durch diese extreme Aufbauarbeit seinem Körper nur noch als Kraftwerk diente.

Sollte Sebastian in der Folgezeit seine intensive Trainingsarbeit einmal für einen längeren Zeitpunkt unterbrechen, dann würden die genannten Symptome sofort ausufern und dem Jungen einen qualvollen Tod bescheren.

Diese grauenvolle Neuigkeit, die bis zu dem Zeitpunkt nur dem Sportprofessor aus dem Schwarzwald bekannt war und auch andere Athleten betraf, veränderte von heute auf morgen die komplette medizinische Betreuung. Alle Mittel wurden eingezogen und durch Placebos ersetzt.

Diesen Zeitvorsprung brauchte der Professor, um die auf dem Markt befindlichen Mittel auslaufen zu lassen. Da sich der komplette Olympiakader noch voll in den Vorbereitungen befand, war sich der Arzt sicher, mit seiner Aktion das Ganze noch weiter im Verborgenen halten zu können.

Anton Ferber war in den letzten Tagen etwas nachdenklicher geworden, da ihn das sportärztliche Schreiben mehr belastete, als er ursprünglich gedacht hatte. Aus diesem Grund verfolgte er immer weniger die technischen Abläufe und grübelte über seine Vorgehensweise in der Vergangenheit nach. Erst jetzt, nach so langer Zeit, belastete es ihn, dass er jahrelang junge Athleten mit dem Teufelszeug gesundheitlich ruiniert hatte. Und genau in diese Stimmungslage hinein kam die Sondermeldung in allen Medien, dass der Deutsche Bundestag beschlossen hatte, nicht an den Olympischen Spielen 1980 in Moskau teilzunehmen. Obwohl Anton Ferber jahrzehntelang auf so eine Chance gewartet hatte, war er jetzt tief in seinem Inneren eigentlich ganz ruhig und akzeptierte diesen nicht ganz überraschenden Schritt. Sein Gewissen hatte ihn wohl zu der späten Einsicht gebracht.

Für Sebastian, der bis zu dem Zeitpunkt über seinen Gesundheitszustand völlig im Unklaren gelassen worden war, brach natürlich eine Welt zusammen. Organisatorisch hieß das, dass alle Vorbereitungen für die Olympischen Spiele in Moskau abgebrochen und alle Trainingslager und Förderwettkämpfe abgesagt wurden.

Die LSV versuchte mit psychologischer Betreuung, ihre Athleten auf die neue schwierige Situation einzustellen. Als weitere Wiedergutmachung lud das deutsche Olympische Komitee alle potenziellen Olympiateilnehmer zu einer vierwöchigen Weltreise ein, um die Enttäuschung über das entgangene sportliche Erlebnis in irgendeiner Weise abzumildern. Einem großen Teil der Athleten konnte mit der Aktion geholfen werden. Nur für Sebastian Brandner fiel eine mit vielen Entbehrungen aufgebaute Welt regelrecht in sich zusammen. Er konnte diese Entscheidung in keiner Weise nachvollziehen und sagte daher völlig frustriert die angebotene Reise ab.

Denn allein die Vorstellung, dass seine innere Stimme ihn auf einem Kreuzfahrtschiff attackieren würde, sah er als Höchststrafe an. Wenn sie sich wieder meldete, und damit rechnete er fest, dann wollte er gut vorbereitet sein und ihr in gewohnter Umgebung begegnen.

Anton Ferber, sein jahrelanger Mentor und Trainer, nahm das Angebot der Weltreise an und so trennten sich in der nun so schwierigen Zeit erneut ihre Wege. Das

Wissen um den Gesundheitszustand seines Athleten belastete ihn täglich mehr und so war seine Zukunft mit einigen Zweifeln behaftet. Der Bundestrainer verdrängte die schlimme Diagnose, von der außer ihm nur noch der Professor und die obersten LSV-Funktionäre wussten. Ihm war klar, dass er von dieser Seite keine Hilfe zu erwarten hatte.

Anton Ferber hatte nicht den Mut, mit Sebastian über dieses Thema zu sprechen, und so verabschiedete er sich von ihm, um die vierwöchige Kreuzfahrt mit den anderen Athleten und Trainern anzutreten. Auch reiste er mit der Ungewissheit ab, ob er den Jungen bei seiner Rückkehr noch einmal lebend zu sehen bekommen würde.

Sebastian engte sein bereits einfältiges Leben noch mehr ein und er verließ seine Wohnung nur noch zum Einkaufen. Das Training hatte er umgehend eingestellt, nachdem die Politiker den Boykott ausgesprochen hatten. Seine Scheinwelt hielt er noch eine Weile aufrecht, indem er jeden Tag seine sportlichen Erfolge in seinen Fotoalben und auf Super-8-Filmen ansah. Kein Sport, keine Arbeit, keine Freunde, keine Familie, keinen Willen, etwas Neues anzufangen und vor allem keine Perspektive! Diese düstere Zukunftsaussicht brachte den innerlich labilen jungen Menschen wieder zu seinem letzten Freund: dem Alkohol. Denn bei entsprechendem Konsum konnte er seinen derzeitigen Zustand vergessen und sich noch einmal an all den schönen Zeiten seines noch so kurzen Lebens erfreuen.

Einen weiteren Vorteil hatte der große Alkoholkonsum, da er Sebastian von den jetzt immer häufiger auftretenden Schmerzen für kurze Zeit befreite.

Die inneren Organe mussten weiter mit allen notwendigen Mitteln versorgt werden, um ihren Aufgaben weiter gerecht werden zu können. Da Sebastians Körper durch das fehlende Training täglich schwächer wurde, gab es die ersten Versorgungsprobleme, die sein Herz, seine Lunge, seine Leber und alle anderen Organe in eine lebensbedrohliche Situation bringen sollten.

Doch Sebastians Körper konnte nicht mehr, und so langsam erkannte er selbst in den kurzen nüchternen Phasen die aussichtslose Lebenssituation. Sein Herz war mittlerweile so groß geworden, dass es die dreifache Blutmenge gebraucht hätte, um weiterhin gut versorgt zu sein. Und so pumpte es sich langsam zu Tode.

Durch den steigenden Alkoholkonsum war die Leber das einzige Organ, das trotz seiner bereits vorhandenen Schäden nach wie vor seinen Aufgaben gerecht wurde. Sebastians Körper verlor in kürzester Zeit mehrere Kilogramm Gewicht.

Bei den immer seltener werdenden Einkäufen bekam er, was er zum Leben noch brauchte: Brot, Süßigkeiten, ein wenig Wurst, Käse und vor allem hochprozentige Getränke.

Doch auch die lebensnotwendigen Besorgungen bereiteten ihm zunehmend Probleme. Er brauchte selbst durch diese leichte Form der Bewegung immer mehr Sauerstoff und so kostete es ihn immer mehr Mühe, seine

Wohnung nach dem Einkaufen wieder zu erreichen. Der schleichende Untergang blieb Sebastians Gewissen natürlich nicht verborgen, nur in solch einer Phase quält man keinen Menschen mehr und deshalb ließ es Sebastian in Ruhe und besiegelte damit auch sein Schicksal.

Und so wurde ihm ein weiterer Versorgungsgang zum Verhängnis. Das Makabre dabei war der Zeitpunkt von Sebastians Tod. Genau an dem Tag, als der polnische Hammerwerfer Jozef Szolnaski in Moskau die Goldmedaille gewann, fanden Passanten im Stadtpark seinen leblosen Körper. Die mit vielen Flaschen und wenigen Lebensmitteln gefüllten Tragetaschen lagen verstreut um ihn herum.

Der schnell herbeigerufene Notarzt konnte nur noch den Tod feststellen. Zwei Tage später lief die Meldung vom Tode des jungen Sebastian Brandner über die Ticker der großen deutschen Nachrichtenagenturen.

Die Tagesschau beendete ihre Sendung mit der Nachricht vom überraschenden Tod des Hammerwerfers Sebastian Brandner. Als Todesursache wurde eine Herzmuskelentzündung festgestellt, doch der Dopingvorwurf wurde von Seiten der LSV lautstark dementiert.

Nur dem Sportprofessor aus dem Schwarzwald war klar, dass ein so groß gewachsenes Herz bei der Versorgung von Monsterorganen sich über kurz oder lang zu Tode pumpen würde.

Der Fall Brandner wurde wie andere unerklärliche Todesfälle von jungen Athleten der Öffentlichkeit als tragisch, aber unvermeidbar verkauft. Der einzige, der sich damit nicht abfinden wollte, war der Vater von Sebastian, Lothar Brandner. Er wusste von seinem Sohn, dass die Sportförderung nur den Sportlern gewährt wurde, die eine echte Chance hatten, um die extrem hohen Qualifikationsleistungen zu erbringen und sich deshalb zwangsläufig zur Einnahme leistungsfördernder Mittel bereit erklärten. Er hatte das Schreiben des Verbandes selbst gelesen.

Deshalb war er auch längst fest davon überzeugt, dass die deutschen Sportverbände junge Sportler gezielt dazu missbrauchten, ihrem Land bei Großveranstaltungen Medaillen zu garantieren, egal um welchen Preis.

Mehr als je zuvor bedauerte Herr Brandner, dass er nicht gesehen hatte, vielleicht auch gar nicht sehen wollte, wie schlecht es seinem Sohn wirklich ging, wie sehr ihn der Leistungsdruck in die Abhängigkeit von den Anabolika getrieben hatte. Seine Wut auf die Funktionäre wuchs, weil er sie als Hauptverantwortliche dafür sah, dass nach außen hin der saubere Sport propagiert wurde, intern aber das systematische Dopen perfektioniert und Trainer und Sportler mit manipulierten Kontrollen hintergangen wurden.

Erst jetzt beschäftigte er sich mit den Artikeln kritischer Journalisten, die der Regierung der Bundesrepublik vorwarfen, das Dopen stillschweigend geduldet oder gar gefördert zu haben, um sich während des Kalten Krieges gegenüber der Deutschen Demokratischen Republik keine Blöße zu geben.

Doch so sehr Lothar Brandner um die Ehrenrettung seines Sohnes kämpfte: er stand auf verlorenem Posten; die besten Schlagzeilen liefert immer der Erfolg, von den Schattenseiten will niemand etwas wissen.

Im Buch sind teilweise persönliche Erfahrungen des Autors verarbeitet. Die Charaktere und die Handlung in diesem Buch sind frei erfunden. Etwaige Ähnlichkeiten mit lebenden oder bereits verstorbenen Personen sind rein zufällig.

♦ ♦ ♦